全国继续教育服务中心

自学指导

"中国古代文论选读"

蔡红亮 主编

师探文化传媒 组编

苏州大学出版社
Soochow University Press

图书在版编目(CIP)数据

"中国古代文论选读"自学指导 / 蔡红亮主编；师探文化传媒组编. —苏州：苏州大学出版社，2022.2
 ISBN 978-7-5672-3896-1

Ⅰ.①中… Ⅱ.①蔡…②师… Ⅲ.①古典文学-文学理论-中国-高等教育-自学考试-自学参考资料 Ⅳ.①I206.2

中国版本图书馆 CIP 数据核字(2022)第 029096 号

书　　名：	"中国古代文论选读"自学指导
	"ZHONGGUO GUDAI WENLUN XUANDU" ZIXUE ZHIDAO
主　　编：	蔡红亮
组　　编：	师探文化传媒
责任编辑：	周凯婷
出版发行：	苏州大学出版社(Soochow University Press)
社　　址：	苏州市十梓街1号　邮编：215006
印　　装：	苏州工业园区美柯乐制版印务有限责任公司
网　　址：	http://www.sudapress.com
邮　　箱：	sdcbs@ suda.edu.cn
邮购热线：	0512-67480030
销售热线：	0512-65225020
开　　本：	787 mm × 1 092 mm　1/16　印张：11.25　字数：241千
版　　次：	2022年2月第1版
印　　次：	2022年2月第1次印刷
书　　号：	ISBN 978-7-5672-3896-1
定　　价：	46.00元

凡购本社图书发现印装错误，请与本社联系调换。服务热线：0512-57481020

目 录

一、考纲梳理与考点解读 / 001

先秦部分 / 003
考点一　《尚书·尧典》/ 003
考点二　《诗经》/ 004
考点三　《论语》/ 005
考点四　《墨子》/ 006
考点五　《荀子》/ 007

两汉部分 / 010
考点六　《毛诗序》/ 010
考点七　司马迁《史记·太史公自序》/ 011
考点八　王充《论衡·超奇》/ 012
考点九　王逸《楚辞章句序》/ 013

魏晋南北朝部分 / 016
考点十　曹丕《典论·论文》/ 016
考点十一　陆机《文赋》/ 017
考点十二　刘勰《文心雕龙》/ 019
考点十三　钟嵘《诗品序》/ 021

唐代部分 / 025
考点十四　陈子昂《与东方左史虬修竹篇序》/ 025
考点十五　杜甫《戏为六绝句》/ 026
考点十六　皎然《诗式》/ 027
考点十七　白居易《与元九书》/ 029
考点十八　韩愈、柳宗元、李商隐 / 030
考点十九　司空图《与李生论诗书》/ 032

宋金部分 / 035
  考点二十 梅尧臣、欧阳修、王安石 / 035
  考点二十一 苏洵、苏轼、黄庭坚 / 037
  考点二十二 李清照《论词》 / 038
  考点二十三 张戒、陆游 / 039
  考点二十四 严羽《沧浪诗话·诗辨》 / 040
  考点二十五 元好问《论诗三十首》 / 041

元明部分 / 044
  考点二十六 张炎《词源》 / 044
  考点二十七 钟嗣成《录鬼簿序》 / 045
  考点二十八 何景明、李开先、王世贞 / 046
  考点二十九 李贽、汤显祖、袁宏道 / 048
  考点三十 王骥德、钟惺、冯梦龙 / 050

清代部分 / 053
  考点三十一 幔亭过客《西游记题词》 / 053
  考点三十二 李渔《闲情偶寄》 / 054
  考点三十三 王夫之、叶燮、王士禛 / 055
  考点三十四 刘大櫆、闲斋老人、曹雪芹 / 058
  考点三十五 袁枚、焦循、周济 / 060

近代部分 / 063
  考点三十六 龚自珍、《戒浮文巧言谕》、冯桂芬 / 063
  考点三十七 刘毓崧、黄遵宪、裘廷梁 / 064
  考点三十八 梁启超、章炳麟 / 067
  考点三十九 王国维、柳亚子 / 068
  考点四十 鲁迅《摩罗诗力说》 / 069

二、全真巩固自测卷 / 073

"中国古代文论选读"全真巩固自测卷（一） / 075
"中国古代文论选读"全真巩固自测卷（二） / 079
"中国古代文论选读"全真巩固自测卷（三） / 083
"中国古代文论选读"全真巩固自测卷（四） / 087
"中国古代文论选读"全真巩固自测卷（五） / 091
"中国古代文论选读"全真巩固自测卷（六） / 095
"中国古代文论选读"全真巩固自测卷（七） / 099

"中国古代文论选读"全真巩固自测卷（八）/103
"中国古代文论选读"全真巩固自测卷（九）/107
"中国古代文论选读"全真巩固自测卷（十）/111

三、参考答案 / 115

"中国古代文论选读"全真巩固自测卷（一）参考答案/117
"中国古代文论选读"全真巩固自测卷（二）参考答案/123
"中国古代文论选读"全真巩固自测卷（三）参考答案/129
"中国古代文论选读"全真巩固自测卷（四）参考答案/135
"中国古代文论选读"全真巩固自测卷（五）参考答案/141
"中国古代文论选读"全真巩固自测卷（六）参考答案/146
"中国古代文论选读"全真巩固自测卷（七）参考答案/151
"中国古代文论选读"全真巩固自测卷（八）参考答案/156
"中国古代文论选读"全真巩固自测卷（九）参考答案/161
"中国古代文论选读"全真巩固自测卷（十）参考答案/167

一、考纲梳理与考点解读

先秦部分

考点一 《尚书·尧典》

1. 《尚书》

《尚书》是我国现存较早的古籍,是关于中国上古历史文件和部分追述古代事迹著作的汇编,西汉初存28篇,相传由伏生口授,用汉时通行文字隶书抄写,是为《今文尚书》。《尧典》为其中的一篇。近人以为是由周代史官根据传闻编著,又经春秋战国时人补订而成的。伪《古文尚书》把下半篇分出,并加二十八字,作为《舜典》。

2. 《尚书》中关于早期文学与乐、舞关系的论述

《尚书》中的《尧典》说明了文学发展初期诗、乐、舞的紧密联系。

从文学起源的情况来看,一般的是伴随劳动节奏而产生音乐,因音乐而产生歌词。在当时,乐和诗同样起着"言志"和教育人的作用。所以《荀子·乐论》说:"君子以钟鼓道志。"《周礼·大司乐》说:"以乐语教国子。"诗与乐到后来才发展成两个独立的部门,产生以"义"为用的诗和以"声"为用的乐。

诗、乐、舞的紧密结合,在《吕氏春秋·古乐》也有所记载,《尧典》所述与之可以互相印证,它为我们提供了关于文学起源的重要历史资料。

3. "诗言志"

(1) 出自《尚书·尧典》:"诗言志,歌永言,声依永,律和声。""诗言志"意为诗是用来表达人的意志的。

(2) "诗言志"是早期的诗歌理论,概括地说明了诗歌表现作家思想感情的特点,也就涉及诗的认识作用。从马克思主义观点来看,诗人的"志"是一定社会历史条件的产物,受阶级地位的制约。人们通过言"志"的诗,也就能在一定程度上认识社会。

另外,与"诗言志"相联系的还有教育作用。"志"既然是诗人的思想感情,言志的诗就必须具有从思想感情上影响人和对人进行道德规范的力量。

（3）朱自清先生认为这是中国历代诗论的"开山的纲领"（《诗言志辨序》），对后来的文学理论有着长远的影响。毛泽东同志从无产阶级立场出发，书写"诗言志"三字赠给文艺工作者，给这一理论注进了新的内容。

4. "歌永言"

出自《尚书·尧典》："诗言志，歌永言，声依永，律和声。"永，长。"歌永言"意为歌是延长诗的语言，徐徐咏唱，以突出诗的意义。

师探小测

1.（填空题）《尚书·尧典》：诗言志，歌（　　　），声依永，律和声。

2.（名词解释）歌永言

考点二　《诗经》

1.《诗经》

《诗经》是中国最早的诗歌总集。本只称《诗》，或举其整数称《诗三百》。后来儒家学派把它奉为经典，习惯上就称为《诗经》。编成于春秋时代，共三百零五篇，全部是周初至春秋中叶的合乐歌词，产生于今陕西、山西、河南、河北、山东及湖北等地。全书根据乐调分为风、雅、颂三个部分，形式以四言为主，往往重章叠句，反复咏唱。其中有不少作品成功运用了赋、比、兴手法，富于艺术性。

2. 从《诗经》某些篇章看讽刺诗的产生原因

（1）"诗言志"的影响：讽是"诗言志"的一种具体的发展和运用，在当时社会矛盾加剧的情况下，人们已经把诗歌创作和政治紧密联系起来，运用诗歌积极干预生活，讽刺丑恶的事物。

（2）社会根源：在阶级社会里，美好的事物常常受到损害，不合理的现象大量存在。

（3）思想基础：讽乃是人们对于诗歌的社会作用的主要认识，当时社会早就公认讽刺是诗歌的主要职能。

师探小测

1.（填空题）（　　　）是中国最早的诗歌总集。

考点三 《论语》

1. 《论语》

《论语》是用语录体写就的最早的一部儒家经典。书中记录孔子和他周围人物的言论与行动。参与撰写的不止一人，成书可能在公元前436年以后。《论语》原有《鲁论》《齐论》《古论》三种，现存《鲁论》二十篇。

2. "诗无邪"（"诗三百……思无邪"的总括）

出自《论语·为政》："子曰：《诗三百》，一言以蔽之，曰：思无邪。"指的是孔子把《诗三百》道德理论化，归结为"无邪"，将全部作品说成符合他所宣扬的"仁""礼"等要求。

3. "兴观群怨"

出自《论语·阳货》："子曰：小子，何莫学夫诗？诗可以兴，可以观，可以群，可以怨。迩之事父，远之事君；多识于鸟兽草木之名。"兴：启发鼓舞的感染作用，即所谓"感发志意"。观：考察社会现实的认识作用，即所谓"观风俗之盛衰"。群：互相感化和互相提高的教育作用，即所谓"群居相切磋"。怨：批评不良政治的讽刺作用，即所谓"怨刺上政"。这四个字展现了文学的社会作用。

4. "绘事后素"

出自《论语·八佾（yì）》："子夏问曰：'巧笑倩兮，美目盼兮，素以为绚兮。'何谓也？子曰：绘事后素。""绘事"即绘画，素即白底，绘事后素是说先有白底而后才绘画，形容人先有美好品质，然后才能够加以文饰。

5. "乐而不淫，哀而不伤"

出自《论语·八佾》："子曰：《关雎》乐而不淫，哀而不伤。""淫"指过分。展现了孔子对中和之美的重视，所谓中和之美是孔子哲学理论上的中庸之道在文艺思想上的反映，这种思想直接促成了后来以"温柔敦厚"为基本内容的"诗教"的建立。崇尚中和之美的孔子对不符合这一要求的民间乐曲采取轻视、排斥的态度，反映出他复古守旧的倾向。

6. "尽善尽美"

出自《论语·八佾》："子谓《韶》，尽美矣，又尽善也。谓《武》，尽美矣，未尽善也。""美"指声音动听，"善"指内容妥善。孔子认为《韶》尽善尽美，对《韶》推崇之至，反映出他复古守旧的倾向。

7. "文质彬彬"

出自《论语·雍也》："子曰：质胜文则野，文胜质则史。文质彬彬，然后君子。""质"指质朴，"文"指文采，"彬彬"形容质朴和文采搭配得当。表明孔子认为得当的质朴和文采相结合使人成为君子。

8. 《论语》中关于文和道德的关系的论述

孔子被称为儒家的创始人,他特别强调文和道德的联系,提出"有德者必有言"的看法。他还认为诗和道德修养有不可分割的联系,《诗三百》是一部文学作品,但他在和子贡、子夏讨论其中某些篇章时,把文艺作品道德理论化。他还进一步把《诗三百》归结为"无邪",将全部作品说成都符合他所宣扬的"仁""礼"等要求。在儒家心目中,《诗三百》主要成了伦理道德修养的教科书。

9. 《论语》中关于文学的社会作用的论述

孔子很重视文学的社会作用。他说:"诗可以兴,可以观,可以群,可以怨。"文学作品有感染力量,能"感发意志",这就是"兴"。读者从文学作品中可以"考见得失""观风俗之盛衰",这就是"观"。"群"是指"群居相切磋",互相启发,互相砥砺。"怨"是指"怨刺上政",以促使政治改善。

从这里可以看出,孔子对文学的艺术特征已有一定程度的认识,因而他对文学的社会作用论述得比较全面,在概括前人成果的同时,对诗的社会作用做了较为系统的理论表述,在理论上比前人发展了一步。当然,孔子的"兴观群怨说"有其具体的阶级内容,归根结底是为了"事父""事君",为统治者服务。

师探小测

1. (选择题)"有德者必有言,有言者不必有德"这句话是( )提出的。
   A. 庄子　　　　B. 孟子　　　　C. 荀子　　　　D. 孔子
2. (填空题)孔子认为《诗经·关雎》一篇"( ),哀而不伤"。
3. (名词解释)文质彬彬

考点四 《墨子》

1. 墨子与《墨子》

墨子,名翟,鲁国(一说宋国)人,墨家的始创者,生活于战国初叶。《汉书·艺文志》著录《墨子》七十一篇,现存五十三篇。

《墨子》一书,是墨子的弟子们根据笔记整理而成的,虽非墨子亲手写定,但其内容主要是墨子的思想,也包括后期墨家学派的思想。

2. "尚用"与"尚质"

墨子文学思想的要点是"尚用"与"尚质"。他在《非命下》中说:"今天下之君子之为文学、出言谈也,非将勤劳其惟(喉)舌,而利其唇眠(吻)也,中实将欲(为)其国家邑里万民刑政者也。"

墨子强调作品的实用价值，认为应该"先质而后文"，并提出反对"以文害用"的见解。墨子从"尚用""尚质"的观点出发，提出"非乐"的主张。他在《非乐上》中说明统治者的音乐享受，从乐器设备到音乐演奏，都是从剥夺民财民力而来的，对人民的生活和生产都很不利。他还进一步指出，音乐艺术的享乐，无论是对于从事政治活动的统治者，还是对于从事劳动生产的被统治者，都没有任何益处，只能带来损失。他的结论是："今天下士君子，请将欲求兴天下之利，除天下之害，当在乐之为物，将不可不禁而止也。"在当时人民生活极端困苦的情况下，墨子反对儒家大力提倡音乐以助长贵族奢侈享乐的生活，斥责统治者欣赏音乐就是"亏夺民衣食之财"，这些都是具有进步意义的看法。墨子反对统治阶级把精神享受建立在对人民进行剥削掠夺的基础上，同时又指出，他并非不知道那些大钟鸣鼓琴瑟竽笙之声能给人以美的享受，他之所以主张"非乐"，是因为它们"不中圣王之事""不中万民之利"。这就透露了他的"非乐"是小生产者的观点的一种反映。

3. "言有三表"

为了使文学发挥对政治的作用，墨子主张"言有三表"，"上本之于古者圣王之事"，是指言必有据，以古代圣王言行为准则；"下原察百姓耳目之实"，是说立言要从实际出发，以百姓的实际体验为依据；"废（发）以为刑政，观其中国家百姓人民之利"，强调立言著文要考虑客观上对于政治的实际效果。"三表"是墨子提出的立言、著文的原则和标准，具有一定的科学性。

师探小测

1. （选择题）墨子文学思想的要点之一是（　　）。
A. 尚贤　　　　B. 尚华　　　　C. 尚质　　　　D. 尚乐
2. （简答题）简述墨子"言有三表"理论主张的具体内涵。

考点五　《荀子》

1. 《荀子》

《荀子》二十卷、三十二篇，著作者荀况，字卿，赵国人，生活年代后于孟轲（孟子）。他吸取、改造，并进一步发展了儒家学说，也吸取了战国其他学派的思想，是战国后期的重要思想家。

2. 《荀子》有关"言"的主要观点

（1）特别强调道，认为"辩也者，心之象道也。心也者，道之工宰也。道也者，治之经理也。心合于道，说合于心，辞合于说。……"这是一种文以明道的主张。道的实际内容，就是所谓礼义。"凡言不合先王，不顺礼义，谓之奸言。"他认为一切言论，凡是合乎道的、宣扬道的，就是好的；凡是离开道的、违反道的，就是坏的。

（2）由于对道有不同的态度，因此，可分成圣人之"言"、君子之"言"、小人之"言"。圣人之言，最为完美，"如珪如璋，……四方为纲"，是崇敬的对象，效法的标准；而小人的奸言，"虽辩，君子不听"。

（3）"言"和政治有密切的关系，不同的"言"对政治起不同的作用。圣人之辩，"说行则天下正，说不行则白道而冥穷"。小人之辩，"用其身则多诈而无功，上不足以顺明王，下不足以和齐百姓"。

先秦时代，文学批评还处在发生、发展的初期阶段。文学思想包含在整个学术思想之中。荀子对于"言"的论点，也就是对于文学的看法。"明道"是荀子文学观的核心；关于圣人之"言"的理论，反映在文学上就是"征圣"的主张。

3. 《荀子》有关"乐"的主要观点

荀子论"乐"，在深度和广度上都比他的前人大大前进了一步，有名的《乐论》是他论乐的专文。先秦时代，诗乐紧密配合，荀子关于音乐的见解中有不少地方和文学批评有关。这方面值得注意的论点是：

他认为音乐的产生和人们对于音乐的需要，是"人情所必不免"的事情；人们内在的"性术之变"，即内在的思想感情的变化，可以通过音乐表现出来；反映人们各种各样思想感情变化的不同音乐，能使人产生"心悲""心伤""心淫""心庄"等不同的心理反应。

他还进一步指出，因为音乐表现了人们的思想感情，所以从中可以看到时代的面貌："乱世之征……其声乐险，其文章匿而采"；因为音乐有"入人也深""化人也速"的巨大教育、感染作用，所以它能对整个社会的民情风俗以至国家的安危治乱发生直接影响。在比较深入地论述音乐的艺术特征和社会作用的基础上，荀子反复批评了"非乐"的墨子，特别强调统治者应该"正其乐"，并利用音乐教化人民，从而达到"治生焉"，即巩固统治的目的。荀子重视乐教的主张，是他明道、征圣、宗经的文学观在音乐领域的体现。

师探小测

1.（选择题）荀子论"乐"，主张（　　　）。
A. 非乐　　　　　　　　　　B. 郑声淫
C. 正其乐　　　　　　　　　D. 治世之音安以乐

2.（填空题）（　　　）是荀子文学观的核心。

师探小测·参考答案

考点一 《尚书·尧典》

1. 永言

2. 出自《尚书·尧典》:"诗言志,歌永言,声依永,律和声。"永,长。"歌永言"意为歌是延长诗的语言,徐徐咏唱,以突出诗的意义。

考点二 《诗经》

1.《诗经》

考点三 《论语》

1. D

2. 乐而不淫

3. 出自《论语·雍也》:"子曰:质胜文则野,文胜质则史。文质彬彬,然后君子。""质"指质朴,"文"指文采,"彬彬"形容质朴和文采搭配得当。表明孔子认为得当的质朴和文采相结合使人成为君子。

考点四 《墨子》

1. C

2. 为了使文学发挥对政治的作用,墨子主张"言有三表":(1)"上本之于古者圣王之事",是指言必有据,以古代圣王言行为准则;(2)"下原察百姓耳目之实",是说立言要从实际出发,以百姓的实际体验为依据;(3)"废(发)以为刑政,观其中国家百姓人民之利",强调立言著文要考虑客观上对于政治的实际效果。

考点五 《荀子》

1. C

2. 明道

两汉部分

考点六 《毛诗序》

1. 《毛诗序》对诗歌特征的有关论述

《毛诗序》进一步阐明了诗歌的言志抒情特征，以及诗歌与音乐、舞蹈的相互关系。序中所谓"诗者志之所之也"的"志"和"情动于中而形于言"的"情"，是二而一的东西。正如孔颖达《左传·昭公二十五年》《正义》所说："在己为情，情动为志，情、志一也。"提出这一论点，不始于《大序》。而《毛诗序》把"志"与"情"结合起来谈，更清楚地说明了诗歌的特征。诗、乐、舞在产生和发展过程中紧密相连，《毛诗序》对此做了更详细的叙述，显示出"以声为用的诗的传统，比以义为用的诗的传统古久得多"（朱自清《诗言志辩》）。

2. 《毛诗序》对诗歌内容的有关论述

《毛诗序》指出了诗歌音乐和时代政治的密切关系，说明不同的时代有不同的作品，政治情况往往在音乐和诗的内容里反映出来。这显然是受《左传·襄公二十九年》季札观乐一段议论的启示，进一步指出了政治、道德、风俗与音乐诗歌有不可分割的联系。后来刘勰《文心雕龙》的《时序》篇，正是根据这一理论，阐述了"时运交移，质文代变""文变染乎世情，兴废系乎时序"的道理。

3. 《毛诗序》对诗歌分类与表现方式的有关论述

在诗歌的分类与表现手法方面，《毛诗序》提出了"六义说"，这是根据《周礼》"大师……教六诗：曰风，曰赋，曰比，曰兴，曰雅，曰颂"的旧说而来。风、雅、颂是诗的种类，而赋、比、兴是作诗的方法。关于赋、比、兴，朱熹分别做了说明："赋，敷陈其事而直言之者也"；"比者，以彼物比此物也"；"兴者，先言他物以引起所咏之词也"。它说明在创作过程中，作者感情的激发、联想和对事物的描写都是结合具体形象进行的。赋、比、兴的方法实际上是形象思维的方法。对于这一方法，《周礼》和《毛诗序》对它做了最初的概括。之后，刘勰《文心雕龙·比兴》、钟嵘《诗品序》又做了进一步的阐明。特别是其中的比兴说，陈子昂、李白、白居易等根据自己的理解也做了不同的阐发。

4. 《毛诗序》对诗歌社会作用的有关论述

《毛诗序》对诗歌的特征、诗歌与政治的关系、诗的分类和表现手法的论述，贯穿着一个中心思想：诗歌必须为统治阶级的政治服务。因此，作者把这种思想集中突出地表现在关于诗歌的社会作用的论述里："上以风化下，下以风刺上""故正得失，动天地，感鬼神，莫近于诗。"这种理论在政治上表达了统治阶级对诗歌的要求，在思想上则是《论语》的"思无邪""兴、观、群、怨""事父事君说"的进一步发展。在我国漫长的封建社会里，不少人以此作为诗歌创作和批评的准则，对诗歌的创作有着长远的影响。

5. "诗有六义"

指的是《毛诗序》中提出的"六义"说："故诗有六义焉：一曰风，二曰赋，三曰比，四曰兴，五曰雅，六曰颂。"风、雅、颂是诗的种类，而赋、比、兴是作诗的方法。

6. "发乎情，止乎礼义"

出自《毛诗序》："故变风发乎情，止乎礼义。发乎情，民之性也；止乎礼义，先王之泽也。"是《毛诗序》所提倡的诗歌的言情特点，展现了"诗歌必须为统治阶级的政治服务"的中心思想。

师探小测

1. （选择题）诗六义中"兴"指的是（　　）。
   A. 以彼物比此物　　　　　　B. 直书其事
   C. 体物写志　　　　　　　　D. 先言他物以引其所咏之词
2. （简答题）《毛诗序》对诗歌的论述贯穿着怎样的中心思想？

考点七　司马迁《史记·太史公自序》

1. "发愤著书"

是封建社会里某些进步文人的一种想法。他们认为，作者对当时黑暗现实的义愤愈加强烈，则作品的思想性也就愈为深刻。司马迁在《史记·太史公自序》里就阐述了这种观点。

2. 《史记》对《春秋》的评价

司马迁在《史记·太史公自序》中评价《春秋》是"上明三王之道，下辨人事之纪，别嫌疑，明是非，定犹豫，善善恶恶，贤贤贱不肖，存亡国，继绝世，补弊起废，王道之大者也"，认为"拨乱世，反之正，莫近于《春秋》。《春秋》文成数万，其指数千。万物之散聚皆在《春秋》"，并将《春秋》作为行为的准则："有国者，不可以不知《春秋》，前有谗而弗见，后有贼而不知。为人臣者，不可以不知《春秋》，守经事而不知其宜，遭变事而不知其权。为人君父而不通于《春秋》之义者，必蒙首恶之名。为人臣子而不通于《春秋》之义者，必陷篡弑之诛，死罪之名。"尊《春秋》为"礼仪之大宗"。

3. 司马迁《史记》一书的文学思想基础

《史记·太史公自序》中借和壶遂的一段谈话，揭示著书大旨。司马迁本出身于史官世家，幼时耕牧河山之阳，早年遍游名山大川，有广博的文化知识和丰富的生活体验。虽然汉王朝相对稳定的封建大一统局面给予他一些乐观的幻想，然而他对隐藏在当时社会中的各种矛盾是有所理解的。借古鉴今，目的在于"究天人之际，通古今之变，成一家之言"（《报任安书》），而不是为了粉饰现实，这就是他作《史记》的动机，同时，这也是《史记》一书文学思想的基础。

师探小测

1. （名词解释）发愤著书

考点八　王充《论衡·超奇》

1. 王充，是中国哲学史上唯物主义倾向比较突出的思想家。

2. 《超奇》是《论衡》的第三十九篇，内容主要是对作家的品评，像这样关于作者的通论，《超奇》实开先河，因而可认为是文学批评中"作家论"的滥觞。

3. 《论衡·超奇》中的作家论：

《论衡·超奇》把一般文人分为几种：儒生、通人、文人、鸿儒等。通过对鸿儒的赞扬，王充提出了品评作者的标准，论及作者的修养，以及反对崇古非今的问题。

首先，王充认为，品评作者的高下不能以读书多少为标准，而应看他是否"博通能用"。当汉代"皓首穷经"成为一种风气，不少人一辈子在书堆里钻牛角尖，以"明经"作标榜的时候，王充一反流俗，提出"贵其能用"的主张。他指斥那些儒生读书千卷无以致用，不过是"鹦鹉能言之类"，有如"入山见木，长短无所不知；入野见草，大小无所不识。然而不能伐木以作室屋，采草以和方药，此知草木所不能用也"。王充认为鸿儒则不然，他观读书传之文是为了"抽列古今""纪著行事"，有益于"治道政务"。王充这种崇实尚用的观点虽然是针对论说文、史传文而发的，但他把屈原这样的辞赋家也包括在超奇之士中，给予高度评价，这就表明他的这一观点也适用于文学。这不仅对于汉代一度出现的浮夸虚诞的文风，"劝百讽一"的辞赋具有针砭作用，对于后来的文学发展，也有其积极意义。

其次，怎样才能成为鸿儒，也就是关系作者的修养问题，王充对此做了明确的回答：不能光从外在的"文"下功夫，而更需要从内在的"实"做努力。"实诚在胸臆，文墨着竹帛，外内表里，自相副称。"王充认为内在的"实"即"才智"与"实诚"。"才智"是像商鞅定耕战之策、陆贾消吕氏之谋那样具有解决实际问题的本领。"实诚"，"非徒博览者所能造，习熟者所能为"，而是作者的真实感情。这两者都是不可缺少的。值得注意的是，重视论说文的王充也十分强调作者的感情对创作的作用，"精诚由中，故其文语感动人深"，才能"夺于肝心"。这种看法对文学创作和理论有着较大的影响。后来刘勰主张"为情而造文"，反对"为文而造情"，就是这一观点的进一步发挥。

最后，在评价作者问题上，王充反对崇古非今的倾向。批判那种"好高古而称所闻"，以为"前人之业，菜果甘甜；后人新造，蜜酪辛苦"的风气。提出以时代作为区分，而以"优者为高，明者为上"。他不仅批判崇古非今，而且把后世超过前代看成理所当然。"庐宅始成，桑麻才有。居之历岁，子孙相续。桃李梅杏，奄丘蔽野。根茎众多，则华叶繁茂。"王充用这样生动的例子说明，经验需要时间积累，文章应该今胜于昔。他虽然没有看到政治经济对文学的决定影响，却在一定程度上指出了文章创作的历史继承关系，为较准确地评价当代作家提供了一定的理论根据。

师探小测

1. （简答题）简析《论衡》品评作者的标准。

考点九　王逸《楚辞章句序》

1. 王逸的《楚辞章句》是现存最早的《楚辞》注本。
2. "露才扬己"
出自汉代班固《离骚序》："今若屈原，露才扬己，竞乎危国群小之间，以离谗贼。"指显露才能炫耀自己，是班固对屈原的批评。
3. 汉代对屈原作品思想性的争论
赋是汉代一种新兴的文学体制，《楚辞》开汉赋之先河，从艺术形式的传统继承关系来说，屈原为辞赋家不祧之宗，这是大家都承认的。关于屈原作品所表现的政治思想，却成为论争的焦点。

早在西汉武帝时，刘安作《离骚传》，首先从思想内容方面肯定了《离骚》，认为义兼国风小雅，可与日月争光，司马迁同意他的论点，把它写入了《史记·屈原列传》而加以发挥，反复阐明屈原发愤抒情、存君兴国的用意。但到东汉时，班固提出了不同的看法。王逸这篇《楚辞章句序》推衍刘安之说，是针对班固而发的。

文中着重论述屈原的高尚品质，肯定屈原对待现实"进不隐其谋，退不顾其命"的积极态度，揭穿班固所强调的"明哲保身"之义，实际上是"婉娩以顺上，逡巡以避患"苟合取容的思想。所有这一切，都围绕一个问题，即如何正确地理解和评价屈原作品的思想性。在王逸看来，产生在黑暗时代里的文学，其社会意义和教育作用就在于怨和刺。"怨主刺上"，见于《诗三百篇》，态度较之屈原，更为激烈，而"仲尼论之，以为大雅"。屈原"依诗人之义而作《离骚》，上以讽谏，下以自慰"。《离骚》所抒写的"愤懑"之情，正表现了屈原政治上的坚定性，是无可非议的。

师探小测

1. （填空题）赋是汉代一种新兴的文学体制，（　　　）开汉赋之先河。
2. （选择题）在汉代对于屈原文学思想的理解存在一定的争议，王逸的《楚辞章句序》所反驳的观点的代表人物是（　　　）。
   A. 班固　　　B. 司马迁　　　C. 刘安　　　D. 王充

师探小测·参考答案

考点六　《毛诗序》

1. D
2. 《毛诗序》对诗歌的特征、诗歌与政治的关系、诗的分类和表现手法的论述，贯穿着一个中心思想：诗歌必须为统治阶级的政治服务。它把这种思想集中突出地表现在关于诗歌的社会作用的论述里："上以风化下，下以风刺上""故正得失，动天地，感鬼神，莫近于诗。"这种理论在政治上表达了统治阶级对诗歌的要求，在思想上则是《论语》的"思无邪""兴、观、群、怨""事父事君说"的进一步发展。在我国长期封建社会里，不少人以此作为诗歌创作和批评的准则，对诗歌的创作有着长远的影响。

考点七　司马迁《史记·太史公自序》

1. "发愤著书"是封建社会里某些进步文人的一种想法。他们认为，作者对当时黑暗现实的义愤愈加强烈，则作品的思想性也就愈为深刻。司马迁在《史记·太史公自序》里就阐述了这种观点。

考点八　王充《论衡·超奇》

1. 首先，王充认为，品评作者的高下不能以读书多少为标准，而应看他是否"博通能用"。其次，怎样才能成为鸿儒，也就是关系作者的修养问题，王充对此做了明确的回答：不能光从外在的"文"下功夫，而更需要从内在的"实"做努力。最后，在评价作者问题上，王充反对崇古非今的倾向。

考点九　王逸《楚辞章句序》

1. 《楚辞》　2. A

魏晋南北朝部分

考点十 曹丕《典论·论文》

1. "文以气为主"

出自曹丕《典论·论文》："文以气为主，气之清浊有体，不可力强而致。"是曹丕对作者个性与作品风格的认识概括，认为文章是以"气"为主导的，而作家的气质、个性使他们的文章形成了各自独特的风格。

2. "文人相轻"

指的是文人互相轻视，"暗于自见"的文人，"各以所长，相轻所短"。这是曹丕在《典论·论文》中所指斥的一种错误的文学批评者的态度。

3. 曹丕对文学的价值的认识

关于文学的价值，曹丕本着文以致用的精神，强调了文章（主要是指诗赋、散文等文学作品）是"经国之大业，不朽之盛事"，把文学提到与事功并立的地位，并鼓励作家"不托飞驰之势"而去努力从事文学活动。这对魏、晋以后文学的发展，是有推动作用的。

4. 曹丕对作者个性与作品风格的认识

关于文气，曹丕认为"文以气为主"，而"气之清浊有体"。所谓"清浊"，意近于刚柔。曹丕认为，作家的气质、个性使他们的文章形成了各自的独特的风格。因此，各有所长，难可兼擅。徐干则"时有齐气"，应玚则"和而不壮"，刘桢则"壮而不密"，孔融则"体气高妙"。但他过分强调作家的才性，而不懂得作家的风格是社会实践和艺术修养的结果，观点不够全面。

5. 曹丕对文学体裁的不同特征的认识

对于文学体裁的区分，曹丕说："夫文本同而末异。"所谓"本"，大致是指基本的规则而言，这是一切文章共同的；所谓"末"，是各种不同文体的特点。奏议、书论，晋以后人所谓无韵之笔；铭诔、诗赋，晋以后人所谓有韵之文。因文章具体的功能有不同，体裁和表现方法也就有所不同。雅、理、实、丽，各具特点。在曹丕以前，人们对文章的认识，限于本而不及末，本末结合起来的看法，在文学批评史上是曹丕首先提出来的，它推进了后来的文体研究。从桓范的《世要论》、陆机的《文赋》到刘勰的《文心雕龙》，这些著作里的文体论述，正是《典论·论文》的进一步发展。

6. 曹丕对文学批评者态度问题的认识

关于文学批评者的态度，曹丕指出了两种错误态度：一是"贵远贱近，向声背实"；一是"暗于自见，谓己为贤""文人相轻，自古而然""各以所长，相轻所短"。前者指斥了贵远贱近，亦即尊古卑今的观点，这并不是作者的创见，早在西汉末东汉初的桓谭在称赞扬雄《太玄经》的时候，就已经这样说："世咸尊古卑今，贵所闻贱所见也，故轻易之。"（《全后汉文》卷十五桓谭《新论·闵友》）东汉王充也说："述事者好高古而下今，贵所闻而贱所见。"（《论衡·齐世》）曹丕继桓谭、王充之后，提出了这个问题。对"文人相轻"的指斥，则是曹丕的新论。曹丕根据对不同的文气、文体的认识，说明各个作家作品各有短长。"暗于自见"的人，必然"各以所长，相轻所短"，不可能产生正确的文学批评。

师探小测

1. （选择题）"盖文章，经国之大业，不朽之盛事"出自（　　）。
   A. 《典论·论文》　　　　　　B. 《诗品》
   C. 《诗式》　　　　　　　　　D. 《文赋》

2. （选择题）曹丕认为"文人相轻"的原因是（　　）。
   A. 文人的嫉妒心理
   B. 文人受到政治的摆布
   C. 文人根据自己的长处攻评他人的短处
   D. 文人之间不团结

3. （选择题）曹丕在《典论·论文》中提出"夫文本同而末异"，这里的"末"指的是（　　）。
   A. 细枝末节　　　　　　　　　B. 个性风格
   C. 语言辞藻　　　　　　　　　D. 不同文体的特点

考点十一　陆机《文赋》

1. 《文赋》在中国文学批评史上是<u>第一篇完整而系统</u>的文学理论作品。
2. 陆机文赋中论文章体式，一共涉及<u>十种</u>文体："<u>诗缘情而绮靡。赋体物而浏</u>

亮。碑披文以相质,诔缠绵而凄怆。铭博约而温润。箴顿挫而清壮。颂优游以彬蔚。论精微而朗畅。奏平彻以闲雅。说炜晔而谲诳。"

3. 陆机对文学创造过程的系统论述

陆机认为,进行文学创作必须观察万物、钻研古籍和怀抱高洁的心情。观察万物,可以丰富知识;钻研古籍,可以吸取间接经验,学先士之盛藻,得才士之用心,以提高自己的写作技巧。至于怀抱高洁的心情,即所谓怀霜之心、临云之志,在创作过程中也发挥着巨大的作用。有了这三个方面的准备以后,要进入创作过程,还必须到现实生活中去体验:"遵四时以叹逝,瞻万物而思纷;悲落叶于劲秋,喜柔条于芳春。"文以情生,情因物感,才是创作过程的起点。

有了创作的要求,接着要运用艺术的想象:"精骛八极,心游万仞";"浮天渊以安流,濯下泉而潜浸";"观古今于须臾,抚四海于一瞬。"艺术想象驰骋于穷高极远的空间,突破上下古今的限制,然后使得"情瞳胧而弥鲜,物昭晰而互进",感情更加鲜明,物象更加清晰。于是进入写作过程,在"抱景者咸叩,怀响者毕弹"的众多形象中,作者进行了选择和概括:"或固枝以振叶,或沿波而讨源;或本隐以之显,或求易而得难","虽离方而遁员,期穷形而尽相",对艺术素材进行由此及彼、由表及里的改造工作。最后,作者创造出具体而概括的形象:"函绵邈于尺素,吐滂沛乎寸心""笼天地于形内,挫万物于笔端"。

陆机用诗一般的语言,生动而具体地描绘了艺术创作的全过程。这个过程从诗人感物生情到穷情写物,自始至终是在具体的形象而不是在抽象的概念中进行的。尽管陆机没有用"形象思维"这个词,却通过对构思的形象化描写,表达了一种思想:艺术创作过程实质上是形象思维过程,从而触及艺术创作中一个带有普遍规律性的问题。

4. 陆机对独创的认识

陆机认为,艺术构思,要发挥独创精神,所谓"谢朝华于已披,启夕秀于未振"。"朝华""夕秀"是指一种新的境界、新的技巧,兼指意与辞两个方面,所以后文即从意与辞两个方面说明艺术构思的甘苦,怎样从复杂多变的构思中达到完美地表现事物,做到"抱景者咸叩,怀响者毕弹",做到"笼天地于形内,挫万物于笔端"。总之,构思过程不论怎样复杂,有时难,有时易,有时顺,有时逆;有时先树要领,有时后点主题,但最基本的,还是要求修辞立诚,表里如一。这即是前文所说的要有高洁的心情,所以说"信情貌之不差,故每变而在颜"。从这样的角度理解,所以意与辞的关系,还是以意为主,"理扶质以立干,文垂条而结繁"。

5. 陆机对行文乐趣的分析

行文乐趣是通过构思使意和辞都得到充分的表现。为了达到这个目的,要注意四个问题:(一)注意镕裁而使辞意双美;(二)通过警句而突出主题;(三)避免雷同而力求独创;(四)保留精美的辞句,避免文章的平庸。此外,再要防止五种弊病：（一）篇幅短小，不足成文；（二）美丑混合，文不调谐；（三）重词轻情，流于空泛；（四）迎合时好，格调不高；（五）清空疏缓，缺少真味。总起来说，尽管作品的表现方法变化多端，"因宜适变，曲有微情"，但是只要能认识变化的规律，理解次序的安排，"达变而识次"，也就掌握住关键了。这是构思时的关键，也是作文利害的关键。

6. "朝华""夕秀"

出自陆机《文赋》："谢朝华于已披，启夕秀于未振。""朝华"，谓古人已用之意与辞，如花之已开，宜谢而去之。"夕秀"，谓古人未述之意与辞，如未发之花，宜开而用之。"朝华""夕秀"是指一种新的境界、新的技巧，兼指意与辞两方面，表明陆机认为艺术构思要发挥独创精神，

师探小测

1. （填空题）在中国文学批评史上第一篇完整而系统的文学理论作品是（   ）。
2. （选择题）陆机《文赋》中"精骛八极，心游万仞"是在说（   ）。
   A. 文章对景物的描摹　　　　　B. 文章的毛病
   C. 文章的艺术想象　　　　　　D. 文章的感情气势

考点十二　刘勰《文心雕龙》

1. 刘勰

梁初入仕，著《文心雕龙》五十篇，成书于齐代。

2. 《文心雕龙》

《文心雕龙》是我国第一部系统阐述文学理论的专著。体例周详，论旨精深，清人章学诚称它"体大而虑周"。魏晋以来，我国文论始出专门名家，到了南北朝，日渐形成繁盛局面。刘勰这部论著要算这一时期集大成的代表作。《文心雕龙》全书五十篇，分上、下两编。上编论述文学的基本原则，阐明各种文体的渊源和流变。下编的主要内容属于文学创作论，是全书的精华所在。

3. "神思篇"关于艺术想象的有关论述

《神思》列为创作论之首，具有总纲性质，涉及创作论各方面问题，而作为这些问题的核心则是艺术的想象，《神思》就是一篇完整的艺术想象论。

《神思》开宗明义就对想象下了明确定义。刘勰借用"形在江海之上，心存魏阙之下"这句，说明想象是身在此而心在彼，可以由此及彼，不受身观局限的艺

术思维活动。事实上，这也就是指明文学创作不能拘泥于现实，专构目前所见，从事刻板模拟，而应容许虚构的存在。他有时把这一点做了渲染和夸大。不过，总的说来，他并没有把想象加以神秘化。他认为想象不是来自凌虚蹈空的主观冥想，而是来自对客观物象的观察感受，从而把想象活动置于现实的基础之上。《神思》提出的"思理为妙，神与物游"，可以说是刘勰想象论的重要纲领。它一方面说明想象活动必须扎根于现实，一旦脱离了现实，想象活动也就失去了依据。这一点，在《神思》下文中有更明确的表白："视布于麻，虽云未贵，杼轴献功，焕然乃珍。"麻是原料，布是成品，这里以麻、布为喻，形象地说明了想象活动就是作家对现实生活素材进行艺术加工。这一见解，在当时是难能可贵的。另一方面，"神与物游"也说明了作者的思维活动是与具体物象结合在一起的，实际上就是形象思维。刘勰继陆机之后，对艺术创作中这个带有普遍规律性的问题做了理论概括，在我国文学批评史上具有重要意义。

4. "时序篇"中所体现的文学史观

《时序》是《文心雕龙》的第四十五篇。这是一篇关于文学史方面的专门论文，它集中地反映了刘勰的文学史观，比较全面地叙述了自陶唐至齐代的文学发展过程。

作为刘勰的文学史观的重要内容之一是：社会现实影响、决定文学的发展；时代的政治，必然要反映在文学创作之中。所谓"歌谣文理，与世推移""文变染乎世情，兴废系乎时序"。这一观点，贯穿在全文的具体论述中。从这一观点出发，刘勰叙述了每个时代的文学，举出一些代表作家或代表作品，来说明每个历史时期的文学面貌和特色。例如，在叙述建安文学时，指出在"世积乱离""风衰俗怨"的时代条件下，产生了"雅好慷慨""梗概多气"的优秀作品。

文学的发展是受社会现实制约的。同时，文学本身有自己内在的发展规律，即前后继承的关系。这一观点在本文中表现得也很明显。例如，在叙述大放光彩于战国时代的楚辞时，一方面指出它受到诸子尤其是纵横家的影响，所谓"烨晔之奇意，出乎纵横之诡俗"；另一方面，指出它在汉代所产生的巨大影响，所谓"爰自汉室，迄至成哀，虽世渐百龄，辞人九变，而大抵所归，祖述楚辞，灵均余影，于是乎在"。

5. "神与物游"

出自刘勰《文心雕龙·神思》："故思理为妙，神与物游。""神"，指作者的想象；"物"，指事物的形象；"游"，指一起活动。意思是艺术构思的妙用在于想象活动与事物的形象紧密结合，说明了作者的思维活动是与具体物象结合在一起的。

6. "文变染乎世情"

出自刘勰《文心雕龙·时序》："故知文变染乎世情，兴废系乎时序。"展现了

"社会现实影响、决定文学的发展；时代的政治，必然要反映在文学创作之中"的文学史观。

7. "梗概而多气"

这是刘勰对建安文学特点的概括，出自《文心雕龙·时序》："观其时文，雅好慷慨，良由世积乱离，风衰俗怨，并志深而笔长，故梗概而多气也。"指出在"世积乱离""风衰俗怨"的时代条件下，产生了"雅好慷慨""梗概多气"的优秀作品，证明了"文变染乎世情"的观点。

8. 建安风骨

建安为汉献帝（196—220）年号，建安风骨是指汉魏之际雄健深沉、慷慨悲凉的文学风格，是一种健康的内容和生动有力的语言形式的结合。代表作家有三曹和七子。建安时期的作品真实地反映了现实的动乱和人民的苦难，抒发建功立业的理想和积极进取的精神；同时也流露出人生短暂、壮志难酬的悲凉幽怨，意境宏大，笔调朗畅，具有鲜明的时代特征和个性特征。

师探小测

1. （选择题）《神思》在《文心雕龙》中被列为创作论之首，它是一篇完整的（　　）。

　　A. 艺术想象论　　B. 艺术灵感论　　C. 艺术构思论　　D. 艺术风格论

2. （选择题）《文心雕龙·时序》篇中"文变染乎世情，兴废系乎时序"一句的意思是（　　）。

　　A. 世事变迁而文章永恒

　　B. 文章的好坏必须经过时间的检验

　　C. 社会与时代因素决定文学的发展

　　D. 文章一旦染上社会习气就不能流传下去

3. （简答题）曹丕认为文学批评者有哪两种错误态度？

考点十三　钟嵘《诗品序》

1. 《诗品》

《诗品》是我国"诗话"的最早一部作品，清人何文焕辑印《历代诗话》，就以该书冠首。在它以后，诗话著作成为古代文学理论著作各种形式之一，其数量达百种之多。《诗品》与《文心雕龙》，是齐梁时代文艺批评的重要著作。《文心雕龙》兼论诗文，《诗品》则是专论五言诗而不及文章。《诗品》分上、中、下三卷，所论列共一百二十二人，分为三品。每品中的人物，"略以时代为先后，不以优劣为诠次"。《诗品》的写作，意在反对当时文坛的不良现状。

2.《诗品序》的主要内容

《诗品序》的主要内容，有破有立。

属于破的，就是对南朝诗风的批评，表现在以下两个方面：

第一，反对声病，主张自然和谐的音律。钟嵘时代，正逢沈约提倡声律之说，"永明体"诗风泛滥。钟嵘对此做了有力的抨击。他认为"古曰诗颂，皆被之金竹，故非调五音无以谐会。……今既不被管弦，亦何取于声律耶？""但令清浊通流，口吻调利，斯为足矣"，如果一味追求声律，反使"文多拘忌，伤其真美"。钟嵘所反对的是那种"伤其真美"的八病等的矫揉造作，而对诗歌的自然的音节美并不排斥。

第二，反对作诗用典。他以为"吟咏情性，亦何贵于用事？""观古今胜语，多非补假，皆由直寻。……大明、泰始中，文章殆同书钞。近任昉、王元长等，辞不贵奇，竞须新事，尔来作者，浸以成俗，遂乃句无虚语，语无虚字，拘挛补衲，蠹文已甚"。他感叹地说："自然英旨，罕值其人。"而幽默地讽刺这些掉书袋的诗人为"虽谢天才，且表学问"。当然，写作时有时也需要援古证今，刘勰《文心雕龙》就有《事类》一篇专门阐明此义。钟嵘对此也不是一概排斥，他认为"若乃经国文符，应资博古；撰德驳奏，宜穷往烈"。至于作诗，就不适用这样的标准了。

无论是反对声病或是反对用典，总的都是主张自然真美，这对弥漫南朝诗坛的云雾，有廓清的作用。

属于立的：

第一，钟嵘认为写作动机的激发，有赖于客观事物的感召，"气之动物，物之感人，故摇荡性情，形诸舞咏"。这跟《文心雕龙·明诗》所说"人禀七情，应物斯感"，《物色》所说"春秋代序，阴阳惨舒，物色之动，心亦摇焉。……情以物迁，辞以情发"的说法同样是正确的观点。但现实世界中有自然现象也有社会现象，所以作者继"四候之感诸诗"之后，又阐述了社会环境对诗人的感召，突出了"群"和"怨"，特别是"怨"的作用。封建社会中，被压迫、被侵害的人们的痛苦生活，是产生文学作品的土壤。钟嵘能注意到这些事实，并主张通过诗歌来反映，根据抒情诗歌的特征，通过个人的抒情以表达遭遇相同者的情绪，从而使读者认识社会的面貌。钟嵘的这种论点，出现在作诗偏重形式的齐、梁时代，是有它重大的进步意义的。但是，他认为怨的抒发可以"使穷贱易安，幽居靡闷"，这显然并不正确。

第二，在诗歌创作问题上提出了"滋味说"。钟嵘重视诗歌的群、怨，这就决定了他对诗歌的要求，认为好的诗歌必须是有"滋味"的。诗的"滋味"应该是

"指事造形，穷情写物，最为详切"。"详"，指描写得细致；"切"，指描写得深刻。而要达到这个要求，必须赋、比、兴并重，做到言近旨远，形象鲜明，有风力，有藻采，乃可耐人玩味，而感染力也强，这才是"诗之至也"。永嘉以后的玄言诗之所以"淡乎寡味"，就是由于"理过其辞""平典似道德论"。然则钟嵘的"滋味说"，主要是强调文学作品的形象性特征。从重味的观点出发，他在诗歌形式上，并不赞成采用"文约"的四言和"文繁"的骚体，而极力主张五言，因为"五言居文词之要，是众作之有滋味者也"。

3. "滋味说"

"滋味说"是钟嵘在《诗品序》中对诗歌提出的要求，他认为好的诗歌必须是有"滋味"的。诗的"滋味"是"指事造形，穷情写物，最为详切"。要达到这个要求，必须赋、比、兴并重，做到言近旨远，形象鲜明，有风力，有藻采，乃可耐人玩味，而感染力也强，这才是"诗之至也"。

师探小测

1.（填空题）我国"诗话"的最早一部作品是（　　　　）。
2.（选择题）"气之动物，物之感人，故摇荡性情，形诸舞咏"一句的意思是（　　）。

A. 文以气为主
B. 诗歌具有感动人的力量
C. 诗歌要表现人的性情
D. 受到客观事物的激发而产生创作的动机

师探小测·参考答案

考点十　曹丕《典论·论文》

1. A　2. C　3. D

考点十一　陆机《文赋》

1.《文赋》　2. C

考点十二　刘勰《文心雕龙》

1. A　2. C

3. 一是"贵远贱近，向声背实"，指斥了贵远贱近，亦即尊古卑今的观点，这并不是曹丕的创见。一是"暗于自见，谓己为贤""文人相轻，自古而然""各以所长，相轻所短"，这是曹丕的新论。曹丕根据对不同的文气、文体的认识，说明各个作家作品各有短长。"暗于自见"的人，必然"各以所长，相轻所短"，不可能产生正确的文学批评。

考点十三　钟嵘《诗品序》

1. 《诗品》　2. D

唐代部分

考点十四　陈子昂《与东方左史虬修竹篇序》

1. 陈子昂诗文革新理论主张提出的背景

在我国古代诗歌史上，两晋、南北朝一部分文人的作品，具有偏重形式、内容空虚、脱离现实的不良倾向，违背《诗三百》和汉乐府的优良传统，离开建安到正始诸家的健康的创作轨道。齐、梁时期的理论家刘勰与钟嵘反对这种诗风，虽然他们做出了很大的努力，但他们的进步理论在当时并没有引起诗人们的足够重视。因此，这一斗争还有待于后人的进一步努力。初唐四杰，在诗歌创作和理论方面初步有所革新，但自觉地提出比较明确的文学主张的，应该说是从陈子昂开始的。

2. 陈子昂诗文革新理论主张提出的具体内容

《与东方左史虬修竹篇序》是陈子昂诗歌理论的一个纲领。在这篇短文里，他肯定了风雅、汉魏诗歌的进步传统，指出了晋、宋以来"文章道弊""彩丽竞繁"的弊病。他着重提出"风骨"和"兴寄"两个问题，企图从精神上去变革五百年来的诗风。所谓"风骨"，就是健康的内容与生动有力的语言形式相统一。所谓"兴寄"，是"托物起兴""因物喻志"的表现方法。两者是《诗三百》到正始诗歌的优良传统所在，作家企图以此影响当时的诗坛。

3. 陈子昂诗文革新理论主张的影响

在《与东方左史虬修竹篇序》中，显然可以看出作者倾向于继承"晋宋莫传"的"汉魏风骨"，在于使"正始之音复睹于兹""建安作者相视而笑"。这一面涂着复古色彩的革新旗帜，是为了借鉴建安、正始诗人的五言古诗和提倡以兴寄为主的表现方法。陈子昂的创作，不论是《修竹篇》或《感遇》诗，都实践了这一主张，影响了同时的张九龄等人，到李白、杜甫，则更高地举起了诗歌革新的旗帜；后来，白居易、元稹等人进一步开展新乐府运动，从理论上、实践上总结发扬进步诗歌理论的传统，把唐代诗歌推向更繁荣的地步。

可以说，陈子昂是唐代诗歌革新运动的自觉的倡导者。他的理论和创作对齐、梁以来的不良诗风，起了"横制颓波"的作用，产生出"天下翕然，质文一变"（卢藏用《陈子昂集序》语）的影响。"国朝盛文章，子昂始高蹈"（韩愈《荐士》诗）。"论功若准平吴例，合著黄金铸子昂"（元好问《论诗绝句》）。韩愈、元好问对他的推崇，虽然有些过分，但也说明了他在诗歌理论和创作史上的重要地位。

4．"汉魏风骨"

《与东方左史虬修竹篇序》中的"汉魏风骨"，即钟嵘《诗品序》所说的"建安风力"，指的是建安时期那种健康的内容和生动有力的语言形式的结合。

师探小测

1.（选择题）提出"齐、梁间诗，彩丽竞繁，而兴寄都绝"的是（　　）。
A. 钟嵘　　　　B. 陈子昂　　　　C. 皎然　　　　D. 白居易

2.（简答题）简述陈子昂诗文革新理论的具体内容。

考点十五　杜甫《戏为六绝句》

1. 杜甫的《戏为六绝句》是最早出现的论诗绝句。
2. 杜甫《戏为六绝句》论诗的主要内容

前三首通过对具体作家的评论提出了问题，后三首揭示论诗的宗旨。它是针对当时情况有感而发的。

唐代诗歌理论的发展，是个长期的反复的过程。陈子昂、李白提出复古的主张，明确了诗歌发展的方向，然而某些人不免理解片面，粗暴地全盘否定六朝文学；而另一些人则仍然"拘限声病，喜尚形似，且以流易为词，不知丧于雅正"。所谓"好古者遗近，务华者去实"，认识还不是一致的。

杜甫主张兼取众长，认为对六朝以来的作家应该具体分析，而不应采取一律排斥的态度。首先，诗以庾信为例，指出论文当观全人，不应忽视其健笔凌云的长处；以初唐四杰为例，说明评价作家不应脱离当时的历史条件。然后基于这样的认识，他提出了广泛吸取前人创作经验的主张，其中也包含着"别裁伪体"的批判精神。他有取于清词丽句的技巧，但反对纤弱小巧的风格，认为必须上攀屈、宋，创造"碧海鲸鱼"的壮美意境。最后，他指出只有转益多师，镕今铸古，把艺术修养建筑在博大深厚的基础上，才能使完美的形式表现充实的内容，而接近于反映现实的风雅。

杜甫的诗歌理论并不像陈子昂、李白及后来的白居易那样，为了救时救弊，突出地强调某一个方面。他在创作实践上达到思想性和艺术性的统一，他的论诗也是如此。只因他是以诗论诗，词简义精，限于体制，究竟不能像散文那样的明白浅显、曲折达意。因而后来笺释纷纭，歧义百出，其中撷拾一端，加以附会的也大有人在，这样就不能不产生流弊了。

3. "庾信文章老更成"

出自杜甫《戏为六绝句》第一首："庾信文章老更成，凌云健笔意纵横。""成"，指功夫的成熟。意思是庾信后期作风的转变，不仅以清新见长，而且健笔凌云，意境开阔纵横。

4. "不薄今人爱古人"

出自杜甫《戏为六绝句》第五首："不薄今人爱古人，清词丽句必为邻。"杜甫说自己论诗并无古今的陈见，只要是清词丽句，都有所取。

5. "转益多师是汝师"

出自杜甫《戏为六绝句》最后一首："别裁伪体亲风雅，转益多师是汝师。""别"，别择。"裁"，裁去。"伪体"，指模拟因袭没有生命力的东西。"别裁伪体"谓去伪存真。"转益多师是汝师"，即无所不师而无定师的意思。总之，应别裁伪体，转益多师，而最后归依于风、雅。

师探小测

1. （选择题）明确提出"别裁伪体亲风雅，转益多师是汝师"的是（　　）。
A. 陈子昂　　　　B. 李白　　　　C. 杜甫　　　　D. 韩愈
2. （填空题）最早出现的论诗绝句是（　　）所作的《戏为六绝句》。
3. （名词解释）转益多师是汝师

考点十六　皎然《诗式》

1. 唐人诗歌理论，有两条不同的路线

其一，重视诗歌的现实内容与社会意义，由陈子昂发展到白居易、元稹，一直到皮日休；其二，比较侧重于诗歌艺术，发挥了较多的创见，并且写成了专书，由皎然的《诗式》发展到司空图的《二十四诗品》。

2. 《诗式》

唐人皎然所作的诗论。第一卷总论诗歌原理及五格中的第一格；第二卷至卷末，分别论五格中的第二格至第五格，各摘录两汉至中唐诗人名篇丽句为例。诗式，即诗的法则。全书标举论诗宗旨，也品评了具体作品。品评的等第，即以书中所标举的五种诗格做准则。精华部分在于理论，它接触到诗格的风格、意境、内容形式的关系、复古与通变等问题。

3.《诗式》对诗歌地位问题的认识

《诗式》在诗歌原则上，确认了诗的崇高地位，以为"夫诗者众妙之华实，六经之菁英"，因此，皎然又提出了诗体论与诗德论，以见诗道之所以可尊。

4.《诗式》对诗歌取境问题的认识

《诗式》提出了<u>取境</u>的问题。皎然在《秋日遥和卢使君游何山寺宿敠上人房论涅槃经义》一诗中说过："诗情缘境发。"他把诗歌的基本因素情和境有机地统一了起来。皎然所说的"境"，即后人所谓"意境"。他以为"诗人之思初发，取境偏高，则一首举体便高；取境偏逸，则一首举体便逸"。又以为"静，非如松风不动，林狖（yòu）未鸣，乃谓意中之静。远，非如森森望水，杳杳看山，乃谓意中之远"。这样阐说意境，在古典诗论中可说是一个开端，最后发展为王国维《人间词话》的境界说。诗中的意境不等同于单纯属于客观世界的境，因此，要"气象氤氲""意度盘礴"。诗中的"意"必须通过"象"来表现，所以要"假象见意"。皎然指出"两重意已上，皆文外之旨"，要"情在言外""旨冥句中"。象、言、句、文，只是用以显示奇、情、旨的形迹。情文并茂，意境双融，才是诗家的"极诣"。后来司空图谈"超以象外"，严羽谈"入神"，谈"言有尽而意无穷"，王士祯谈"神韵"，一线相承的脉络，显然可寻。与意境相联系，皎然解释比兴，也赋予它以新的含义。他以为"取象曰比，取义曰兴。义即象下之意。凡禽鱼草木人物名数万象之中义类同者，尽入比兴"。这在一定程度上已接触到诗歌创作运用形象思维的问题，有一定的合理因素。

由取境而进一步说到如何取境，皎然主张要站得高，看得远，"如登衡、巫，觌（dí）三湘、鄢、郢山川之盛"；要"不入虎穴，焉得虎子""放意须险，定句须难，虽取由我衷，而得若神表"。他特别强调了诗人"神思"的作用，却并不认为这种"神思"是神秘的，他说道："有时意静神王，佳句纵横，若不可遏，宛若神助。"接着又说："不然，盖由先积精思，因神王而得乎？""神思"是长期思想酝酿的结果，因精神状态高昂而激发，并不是无所依傍的灵感。

5.《诗式》对诗歌四声八病问题的认识

皎然以为"无盐阙容而有德，曷若文王太姒有容而有德"。他既反对"酷裁八病，碎用四声"的偏尚形式，但在重内容的前提下，又以为"韵合情高，此未损文格""作者措意，虽有声律，不妨作用""用律不滞，由深于声类"。

6.《诗式》对诗歌用事问题的认识

皎然既主张"不用事第一"，又以为"用事不直，由深于义类"，并且说"虽欲废巧尚直，而思致不得置；虽欲废言尚意，而典丽不得遗"。

7. 《诗式》对诗歌继承与创新问题的认识

在继承与创新的问题上，皎然强调的是"变"。他以为"反古曰复，不滞曰变。若惟复不变，则陷于相似之格"。"后辈若乏天机，强效复古，反令思扰神沮。"因此，他主张自立新意，"无有依傍"，要复古而能"通于变"。这些见解也有可取之处。但同时也应指出，他更多的是从诗歌形式的发展角度看问题，比如他就肯定了"沈、宋复少而变多"，批评了"陈子昂复多而变少"，忽视了诗歌社会内容的重要性，因而又是片面的。

师探小测

1. （填空题）皎然在《诗式》中提出了（　　　　）的问题，开启了后代王国维的境界说。

2. （填空题）皎然《诗式》："作者须知复变之道，（　　　　）曰复，不滞曰变。"

考点十七　白居易《与元九书》

1. 《与元九书》是白居易诗论的纲领，是他创作政治讽喻诗的经验总结。"元九"指的是元稹，文中有"以康乐之奥博，多溺于山水"一句，"康乐"指康乐公谢灵运，谢玄之孙，晋时袭封康乐公，谢灵运通佛学，主顿悟。

2. 白居易关于文学与现实关系的阐述

白居易从文学与现实的关系着眼，认为文学不应该仅消极地反映社会生活，而应该和当时的政治斗争相联系，积极干预生活。基于这样的认识，他提出了"文章合为时而著，歌诗合为事而作"的明确结论。《新乐府序》说的"为君、为臣、为事而作"，《读张籍古乐府》说的"未尝著空文"，都是这个意思。

3. 白居易关于诗歌作用的阐述

在"为时""为事"的前提下，白居易反复阐明诗歌应该发挥其"补察时政，泄导人情"的作用。他之所以"痛诗道崩坏，忽忽愤发"，是因为"谄成之风动，救失之道缺"；而他所提倡的、所实践的，则是与这种倾向针锋相对的"意激而言质"的讽喻诗的诗风，要求诗人对当时的社会弊端做如实的揭发、批判。由于强调批判现实，因而他使诗和当时的政治斗争联系得更为紧密。

白居易强调"风""雅"反映现实的优良传统。他说："圣人知其然，因其言，经之以六义；缘其声，纬之以五音。"又云："为诗意如何？六义互铺陈。风雅比兴外，未尝著空文。"（《读张籍古乐府》）可见"风雅比兴"是"六义"的精髓，而"美刺"又是"风雅"的精神所在。白居易将"风雅比兴"或"美刺比兴"作为最高准则，以之衡量复杂的文学历史现象，去伪存真，于是在本篇里贯穿着大胆批判的精神，对六朝以来某些脱离现实、绮尘颓废的文风及其影响做了坚决的否定。

4. "根情，苗言，华声，实义"

出自白居易《与元九书》："诗者：根情，苗言，华声，实义。"是白居易对诗歌提出的要求，"情"和"义"作为根本和结果是指内容，"言"和"声"作为手段和过程是指形式，诗歌内容和形式须有机统一。

5. "文章合为时而著，歌诗合为事而作"

白居易从文学同现实的关系着眼，认为文学不应该仅消极地反映社会生活，而应该和当时的政治现实相联系，积极干预生活。基于这样的认识，他在《与元九书》中提出了"文章合为时而著，歌诗合为事而作"的明确结论。这两句话可以说是新乐府运动的一面鲜明旗帜，意为：文学应该为政治时事服务。

师探小测

1. （填空题）《与元九书》是白居易诗论的纲领，其中"元九"指的是（　　　）。
2. （选择题）"文章合为时而著，歌诗合为事而作"语出（　　）。
   A. 白居易《与元九书》　　　　B. 韩愈《答李翊书》
   C. 柳宗元《答韦中立论师道书》　D. 李商隐《上崔华州书》

考点十八　韩愈、柳宗元、李商隐

1. 韩愈《答李翊书》的主要内容

《答李翊书》阐述了四个问题。第一，学古文以立行为本，立言为表。"仁义之人，其言蔼如。"要获得文学上的成就，必须从道德修养入手。第二，学文的途径，要道文合一，要善于学习前人的作品，而写作要有创造性，不论是内容或词句，都要务去陈言。第三，学文要有坚定的信心，不以时人的毁誉为转移。深造自得，逐步演进，有一个长期曲折的过程，不能希望速成。第四，写古文要以气为先。作者把"气"与"言"的关系比作水与浮物的关系。"气"是驾驭"言"的，所以强调"气盛则言之短长与声之高下者皆宜"。这主要在阐明古文的特征，它不同于被对偶形式拘束，矫揉造作，不合自然语气的骈体，而是言有短长，声有高下，比较接近口语。韩愈自己的创作就是如此。

2. 柳宗元《答韦中立论师道书》所体现的"文以明道"的文学思想

"文以明道"是《答韦中立论师道书》的核心，也是作者文论的核心。首先，主张文以明道，不苟为炳炳烺烺，务采色、夸声音以为能事；其次，谈到为文的目的既然在于明道，就不敢出以轻心、怠心、昏气、矜气，这跟韩愈所谓"迎而距之，平心而察之，其皆醇也，然后肆焉。虽然，不可以不养也"（《答李翊书》）有一致之处。

3. 李商隐《上崔华州书》

（1）李商隐的文学思想，在晚唐文坛上能够别开生面，独树一帜。他对古文运动后学的流弊进行了尖锐的批评。其《上崔华州书》就集中反映了这一思想。

（2）《上崔华州书》"百经万书，异品殊流"中的"经"，并非专指儒家的经典，而是包括佛、道诸家之书在内。

（3）对于当时古文家"学道必求古，为文必有师法"的说法，他极其反感，反驳说："夫所谓道，岂古所谓周公、孔子者独能邪？"认为不能专以孔子的是非为是非。正因他不满于传统思想偏见的束缚，思想较为解放，所以主张文学创作应该有独创性。所谓"行道不系今古，直挥笔为文"，就是要求作家创作必须直抒胸臆，作品要有真情实感，有所感而发，而不是随人脚跟，人云亦云；所谓"不爱攘取经史，讳忌时世"，就是不走复古老路，不说陈词滥调，不怕揭露现实。这样的文学主张，在当时确是难能可贵的，起到了振聋发聩的作用。

在诗歌理论方面，李商隐主张兼通众制，反对拘于一格。他不同意一概否定六朝文学的主张，对沈约、庾信等六朝作家也不乏赞美之辞，并进一步认为只有"秉无私之尺刀"，才能"定夫众制"。这种转益多师的态度，与杜甫《戏为六绝句》的意见相近。

师探小测

1. （填空题）《答李翊书》是（　　）写给他门人李翊的一封书信。
2. （选择题）李商隐《上崔华州书》"行道不系今古，直挥笔为文"的意思是（　　）。
   A. 作家创作可以随意想象　　B. 作家创作可以运用多种修辞方法
   C. 作家创作必须深入体验生活　　D. 作家创作必须直抒胸臆
3. （名词解释）文以明道

考点十九　司空图《与李生论诗书》

1."韵外之致"

出自司空图《与李生论诗书》。意思是说在语言文字之外，别有韵味。司空图认为好诗必须有"韵外之致"，给读者留下联想与回味的余地，从而达到"思与境偕"的艺术"诣极"。

2."近而不浮，远而不尽"

出自司空图《与李生论诗书》："噫！近而不浮，远而不尽，然后可以言韵外之致耳。"其中，"近而不浮"谓诗的形象近在眼前，诗人写来，有妙手偶得之妙，而不流于浮浅；"远而不尽"谓诗的境界极为深远，不是意尽于句中。

3.《与李生论诗书》开篇提出了"诗贯六义"的主张，其放在首位的是讽喻，"诗贯六艺，则讽喻、抑扬、渟蓄、温雅，皆在其间矣"。

4."韵味说"

《与李生论诗书》是司空图诗论的代表作，司空图在书中首先提出并阐述了"韵味说"的主张。

所谓"韵味"就是诗歌意境创造的审美内涵，用司空图的话来说就是"韵外之致""味外之旨"。他认为要获得这种"韵味"，首先要有意境，要意境"近而不浮、远而不尽"，就是他所说的"象外之象""景外之景"，才谈得上"韵味"，这种"韵味"在诗中，但又不能意尽于诗句中，这就像"味"之于醋、盐，但又不同于醋、盐，而这"味"是妙在"咸酸之外"的。这种"韵味"显然不是形式声韵方面的东西，而是诗美内涵的一种"神韵"。这种"韵味"也不是现实现象（或表象）的堆砌，而是托寄在这些具体生动的艺术形象之上的一种无形无象、不可捉摸的艺术境界。

司空图的"韵味说"，是对钟嵘以来诗歌艺术意境理论的继承和发展，对后代诗论有很大影响。钟嵘的《诗品》首先以"味"论诗。他强调诗歌应该"有滋味"，而要达到有"味"则要求"文已尽而意有余"，以创造深远含蓄的审美意境。到唐代则有《文境秘府论》对"味"的美感特点和内容的探讨。所谓"理入景势者……皆须入景语始清味""景入理势者……则不清及无味"，则着重探讨了诗中"景""理""意"之间的辩证关系。再就是以皎然为代表的中唐以前的理论家，他们强调，如果诗"不书身心"，就没有诗美，也没有诗味了。司空图之所以能够提出"韵味说"，正是因为他运用和总结了前人的理论成就。司空图的"韵味说"对后代诗论的影响也是巨大的。后来，宋人严羽的"妙悟说"，清人王士禛的"神韵说"，都多少受到司空图"韵味说"的影响。

师探小测

1.（选择题）所谓"韵外之致""味外之旨"的说法出自（　　）。
   A. 皎然《诗式》　　　　　　　B. 刘勰《文心雕龙》
   C. 司空图《与李生论诗书》　　D. 钟嵘《诗品》

2.（选择题）司空图《与李生论诗书》中所谓"韵外之致"指的是（　　）。
   A. 追求韵味达到极致　　　　　B. 语言文字之外别有余味
   C. 语言文字之外的精致　　　　D. 韵味消失的地方

师探小测·参考答案

考点十四　陈子昂《与东方左史虬修竹篇序》

1. B

2.《与东方左史虬修竹篇序》是陈子昂诗歌理论的一个纲领。在这篇短文里，他肯定了风雅、汉魏诗歌的进步传统，指出了晋、宋以来"文章道弊""彩丽竞繁"的弊病。他着重提出"风骨"和"兴寄"两个问题，企图从精神上去变革五百年来的诗风。所谓"风骨"，就是健康的内容与生动有力的语言形式相统一。所谓"兴寄"，是"托物起兴""因物喻志"的表现方法。两者是《诗三百》到正始诗歌的优良传统所在，作家企图以此去影响当时的诗坛。

考点十五　杜甫《戏为六绝句》

1. C　2. 杜甫

3. 出自杜甫《戏为六绝句》最后一首："别裁伪体亲风雅，转益多师是汝师。""别"，别择。"裁"，裁去。"伪体"，指模拟因袭没有生命力的东西。"别裁伪体"谓去伪存真。"转益多师是汝师"，即无所不师而无定师的意思。总之，应别裁伪体，转益多师，而最后归依于风、雅。

考点十六　皎然《诗式》

1. 取境　2. 反古

考点十七　白居易《与元九书》

1. 元稹　2. A

考点十八　韩愈、柳宗元、李商隐

1. 韩愈　2. D

3. "文以明道"是柳宗元《答韦中立论师道书》的核心，也是作者文论的核心。首先，主张文以明道，不苟为炳炳烺烺，务采色、夸声音以为能事；其次，为文的目的既然在于明道，就不敢出以轻心、怠心、昏气、矜气。

考点十九　司空图《与李生论诗书》

1. C　2. B

宋金部分

考点二十　梅尧臣、欧阳修、王安石

1. 梅尧臣《答韩三子华韩五持国韩六玉汝见赠述诗》

（1）北宋初期，王禹偁论诗首推白居易，力图挽回晚唐五代纤弱佻巧的风气，但没有产生多大影响。稍后西昆体兴起，愈加讲究辞藻，片面追求形式的华丽，诗风更坏。直到梅尧臣、欧阳修出来，才扭转了这种倾向。欧、梅两人之中，梅是专门用力于诗的。《答韩三子华韩五持国韩六玉汝见赠述诗》就是从理论上提出的反西昆的宣言，"迩来"以下几句都是针对西昆而说的。

（2）"作诗无古今，唯造平淡难"的艺术境界

梅尧臣在《读邵不疑学士诗卷》里说："作诗无古今，唯造平淡难。""平淡"是梅所极力追求的艺术境界。所谓"平淡"，并不意味着平庸和浅易；恰恰相反，他主张以极其朴素的语言和高度的写作技术表现作品的内容。这种"平淡"风格的特点在于：意在言外，耐人寻绎。如吃橄榄，从苦涩之中咀嚼出不尽的甘腴之味；要洗尽脂粉铅华，给人以"老树着花"的美感，使读者在体味之后感受到作品强烈的感染力。

所谓"唯造平淡难"，不仅在于炼词，也在于炼意。欧阳修《六一诗话》引梅圣俞语云："诗家虽率意而造语亦难。……必能状难写之景，如在目前，舍不尽之意，见于言外，斯为至矣。"又说："圣俞生平苦于吟咏，故其构思极艰。""圣俞覃思精微，以深远闲淡为意。"刘克庄也说他"留意于句律"，学梅的人只知道他的诗淡，而不知他"殊不草草"。苦吟而以平淡出之，平淡而有深远之意，正如王安石所谓"看似寻常最奇崛，成如容易却艰辛"（《题张司业集》），是不简单的。

2. 欧阳修《答吴充秀才书》

（1）宋代古文的复兴，到欧阳修才真正显出创作成绩。

（2）欧阳修关于文与道的关系的论述

在文与道的关系上，欧阳修以古文家的身份，从文的角度提出问题，主张重道以充文。他看出了文与道的联系，认为"道胜者文不难而自至"，要想文章真正达到"工"的境地，所谓"纵横高下皆如意者"，就不得不和道联系起来。内容充实，自然发为光辉；反之，仅仅从文的本身着眼，则"愈力愈勤而愈不至"。《答吴充秀才书》中指出扬雄、王通等人从文字语言去模拟经传，是"道未足而强言"，正是阐明了这个意思。从这个意思来说，道是本，文是末；然而学道是为了充实文的内涵，其终极目的还在于文，则重道亦即重文。这与后来道学家轻文重道，甚至认为文能害道，把文和道对立起来，在提法上有根本的区别。

特别值得注意的，是欧阳修对于道的理解。《答吴充秀才书》中批判学道而溺于文的文士，认为他们之所以学道而不能至，就在于"弃百事不关于心，曰：'吾文士也，职于文而已'"。可见欧阳修所谓道的具体内容主要是现实生活中的"百事"。论文而推原于道，论学道而归之于关心现实生活中的"百事"，关心现实生活中的"百事"而道在其中，这样，就给文士们指出了关心现实的态度，也说明了文学是不可脱离现实的。这种平实而浅易近人的看法，与后来一般道学家的空谈心性是不同的。

3. 王安石关于文与辞的关系的论述

王安石的《上人书》，讨论了文和辞的关系，实际上也就是内容和形式的关系，所以与当时的文道问题也多少有一些关联。

文中把文和辞分开来讲，文指作文的本意，辞指篇章之美。作文的本意在于明道，而所谓道，则是可以施之于实用的经世之学。故云："尝谓文者，礼教治政云尔。"《与祖择之书》说："治教政令，圣人之所谓文也。……其书之策也，则道其然而已矣。"本篇和《与祖择之书》虽是自述书、杂文及书、序、原、说的作意，指的是理论文，但文以实用为主，是王安石对文学的基本看法。

既然文以实用为主，因此，在内容与形式的关系上，他明确指出必须重视内容。他认为文之有辞，"犹器之有刻镂绘画"。制器的本意在于用，至于刻镂绘画，不过作为一种容饰，是为了美观。在重视内容的前提下，形式也是重要的，不过两者之间有主次。所以说："容亦未可已也，勿先之其可也。"

他认为古文家虽然夸谈文以明道，但其真实的心得则在文而不在道。篇中批评韩愈、柳宗元"徒语人以其辞"，正是这个意思。他也看到了道学家的矫枉过正，重道轻文，所以不完全否认"巧且华"的作用。因此，他的文章峭折简劲，说理透辟，既不同于刻镂无用之文，也不同于语录朴质之体；既贯彻文"以适用为本"，又非常重视语言的表现力和艺术特征。

师探小测

1. （填空题）梅尧臣在《读邵不疑学士诗卷》里说："作诗无古今，（　　　　）"，表现了对艺术境界的独特理解。
2. （填空题）宋代古文的复兴，到古文家（　　　　）才真正显示出创作成绩。
3. （简答题）简析王安石《上人书》中关于文和辞关系的论述。

考点二十一　苏洵、苏轼、黄庭坚

1. 苏洵《仲兄字文甫说》

该文阐说了<u>文学创作上天人凑泊的问题</u>。他用风水相遭而成文作比喻，水，比喻创作的源泉和艺术修养；风，比喻创作冲动不能已于言的一种状态。认为"无意乎相求，不期而相遭，而文生焉"的作品，才是"天下之至文"。

2. 苏轼《书黄子思诗集后》

（1）苏轼的《书黄子思诗集后》从创造的角度<u>以书法喻诗</u>。

（2）"发纤秾于简古"，出自苏轼《书黄子思诗集后》："独韦应物、柳宗元发纤秾于简古，寄至味于澹泊，非余子所及也。""发纤秾于简古"，是把两种对立的艺术风格看作可以相互渗透、相反相成的关系，纤秾与简古相统一，才可以达到"寄至味于澹泊"的妙用。

（3）苏轼《书黄子思诗集后》曾引用"梅止于酸，盐止于咸，饮食不可无盐梅，而其美常在咸酸之外"，此句原出司空图的<u>《与李生论诗书》</u>。

3. 黄庭坚《答洪驹父书》

（1）"自作语最难"，出自黄庭坚《答洪驹父书》："自作语最难，老杜作诗，退之作文，无一字无来处，盖后人读书少，故谓韩、杜自作此语耳。"黄庭坚认为诗意无穷而人之才有限，有限之才难以穷尽无限之意，因此，着重在诗歌语言的技巧方面"无一字无来处"。

（2）"无一字无来处"，出自黄庭坚《答洪驹父书》："自作语最难，老杜作诗，退之作文，无一字无来处，盖后人读书少，故谓韩、杜自作此语耳。"黄庭坚认为杜甫、韩愈写诗作文之所以取得成功，一个重要原因就是落笔用字都有来历，而不自己创造语言，所以在语言锻造上主张广泛积累古籍中的语汇，将它们得心应手地运用到自己的诗歌创作中。

（3）"点铁成金"，出自黄庭坚《答洪驹父书》："古之能为文章者，真能陶冶万物，虽取古人之陈言入于翰墨，如灵丹一粒，点铁成金也。"黄庭坚主张巧妙运用前人作品中的佳句善字，放在自己的作品中，这样那些佳句善字就会像灵丹一样，使自己的作品由铁被点化为金子。

师探小测

1．（填空题）苏轼《书黄子思诗集后》中"（　　　　　），寄至味于澹泊"一语，把两种对立的艺术风格看成相互渗透、相反相成的关系。

2．（名词解释）点铁成金

考点二十二　李清照《论词》

1．李清照对词的见解与要求

总括李清照《论词》对词的见解和要求，有以下几点：（1）高雅，（2）浑成，（3）协乐，（4）典重，（5）铺叙，（6）故实。从北宋末年的词坛趋势可以看出《论词》是足以代表当时多数人的主张的。因为当柳永、苏轼两家的词风和传统词风发生矛盾的时候，一部分词人对柳、苏都表示了不同程度的不满。这篇词论提出词"别是一家"的主张，就是针对苏轼"以诗为词"的做法而发的。李清照主张歌词应分五音、五声、六律、清浊、轻重，是沿袭北宋文人词的传统的说法，她将此作为词"别是一家"不同于诗的佐证。

2．区分

（1）"至晏元献、欧阳永叔、苏子瞻，学际天人，作为小歌词，直如酌蠡水于大海，然皆句读不葺之诗尔，又往往不协音律者"批评苏轼"以诗为词"。

（2）"王介甫、曾子固，文章似西汉，若作一小歌词，则人必绝倒，不可读也"批评"以文入词"。

3．"虽协音律，而词语尘下"

出自李清照《论词》："逮至本朝，礼乐文武大备，又涵养百余年，始有柳屯田永者，变旧声作新声，出《乐章集》，大得声称于世，虽协音律，而词语尘下。"这是李清照对词人柳永的评价，李清照认为柳永的词虽然音律和谐，词句却俗不可耐。

4．"（词）别是一家"

出自李清照《论词》："乃知别是一家，知之者少。"李清照主张词"别是一家"，是批评苏轼"以诗为词"，要求作词在内容风格上也当有别于诗，强调词的音乐美和抒情性。

师探小测

1. （选择题）李清照《论词》中"至晏元献、欧阳永叔、苏子瞻，学际天人，作为小歌词，直如酌蠡水于大海，然皆句读不葺之诗尔，又往往不协音律者"一句是在批评（　　）。

　　A. 以学问为词　　　　　　B. 以诗为词

　　C. 以文为词　　　　　　　D. 以议论为词

2. （简答题）李清照《词论》一文对词的见解和要求包括哪些方面的内容？

考点二十三　张戒、陆游

1. 张戒《岁寒堂诗话》

（1）当南宋初期，苏黄诗风风靡一时的时候，首先正面提出反对意见的是张戒的《岁寒堂诗话》。

（2）张戒关于诗歌艺术风格含蓄蕴藉的主张

关于诗歌的艺术风格方面，张戒主张含蓄蕴藉，必须是"情意有余，汹涌而后发"，但又要"情在词外，状溢目前"，以"不迫不露"为贵。他不满于元、白和张籍，因为他们"只知道得人心中事，而不知道尽则又浅露也"。可见他之所谓"浅"，只是因为说得太"露"。说得太"露"，诗格就"卑"，像苏轼和黄庭坚，一个发泄无余，一个刻画过甚，当然更是他所反对的了。他说诗歌语言之工，在于"中的"。所谓"中的"，指的是以恰当的词语，确切不移地表现"一时情味"。既"不可预设法式"，又无"新巧"可言，要其指归，还是以浑成为尚，而不假于雕饰。

2. 陆游《论诗诗》

（1）陆游诗早年从江西派入手，曾拜曾几为师，曾几称他的诗"渊源殆自吕紫薇"。

（2）"琢雕自是文章病"出自陆游《论诗诗·读近人诗》："琢雕自是文章病，奇险尤伤气骨多。"是诗人对单纯追求形式、片面讲究诗句有出处的作诗方法进行的批判，认为"琢雕""奇险"都是狡狯的注脚。

（3）"工夫在诗外"，出自陆游《论诗诗·示子遹》："汝果欲学诗，工夫在诗外。"意思是真要学习写诗，还要有更深的学问，作诗的"工夫"，在于诗外的实践锻炼。"君诗妙处吾能识，正在山程水驿中。"现实生活的经验，就是所谓"工夫在诗外"的具体内容，也是诗人所坚持的写诗原则。

（4）"元白才倚门，温李真自郐"，其中"自郐"的典故出自《左传》。

师探小测

1. （选择题）《岁寒堂诗话》的作者是（　　）。
   A. 张戒　　　　B. 王安石　　　　C. 严羽　　　　D. 欧阳修
2. （填空题）陆游《读近人诗》云："琢雕自是文章病，（　　　　　　）。"

考点二十四　严羽《沧浪诗话·诗辨》

1. 严羽《沧浪诗话》关于"诗之法有五""诗之品有九"的论述

（1）诗之法有五：曰体制，曰格力，曰气象，曰兴趣，曰音节。

（2）诗之品有九：曰高，曰古，曰深，曰远，曰长，曰雄浑，曰飘逸，曰悲壮，曰凄婉。

2. 严羽"妙悟说"的内涵及影响

严羽以禅喻诗，故重在妙悟。案其所谓悟，似有二义：一指第一义之悟，以汉、魏、晋、盛唐为师，而反对苏黄诗风；一指透彻之悟，重在莹彻玲珑，不可凑泊，于是除反对苏黄诗风之外，再批判永嘉四灵的学唐风气。因此，他在"破"的方面是有一些进步意义的。但就其"立"的方面来讲，则不免偏于艺术性而忽视思想性，所以第一义之悟成为明代前后七子拟古主张之先声；而透彻之悟，又成清代王士祯"神韵说"之所祖，对后世诗论产生了一些不良影响。

3. "诗有别材（诗有别趣）"

出自严羽《沧浪诗话·诗辨》："夫诗有别材，非关书也；诗有别趣，非关理也。"意思是诗歌有着特别的思维方式，不同于"书""理"。诗歌的思维方式是"形象思维"，而"书""理"的思维方式是"逻辑思维"。严羽开始认识到形象思维和逻辑思维的区别，但当时没有对应的名词能进行说明，因而创为"别材（别趣）"之说。

4. "羚羊挂角，无迹可求"

出自严羽《沧浪诗话·诗辨》："盛唐诗人唯在兴趣，羚羊挂角，无迹可求。"意为盛唐的诗人着重在诗的意趣，有如羚羊挂角，没有踪迹可求。

5. "以文字为诗，以才学为诗，以议论为诗"

出自严羽《沧浪诗话·诗辨》："近代诸公乃作奇特解会，遂以文字为诗，以才学为诗，以议论为诗。夫岂不工，终非古人之诗也。"意为近代诸公以文字为诗，以才学为诗，以议论为诗，不是不下"工夫"，却终究不如古人的诗。

师探小测

1. （填空题）严羽论诗以为"诗有别材，非关书也；（　　　　），非关理也"。
2. （简答题）严羽《沧浪诗话》中所谓"诗之法"主要有哪些？

考点二十五　元好问《论诗三十首》

1. "论诗宁下涪翁拜，未作江西社里人"中"涪翁"指黄庭坚。
"老阮不狂谁会得，出门一笑大江横"中"老阮"指阮籍。
"高情千古《闲居赋》，争信安仁拜路尘"中"安仁"指潘岳。
"池塘春草谢家春"中"谢家"指谢灵运。
"东野穷愁死不休，高天厚地一诗囚"中"东野"指的是孟郊。
2. 元好问《论诗三十首》所品评的人物及所体现的诗学主张

第一，贵自得，反模拟。

在"眼处心生句自神"一首中，指出了只有"亲到长安""眼处心生"的实证实悟，才能下笔有神；批判了唐临晋帖般的模拟作风。因此，元氏对以夺胎换骨为能事的江西派诗，抱着鄙夷的态度，不屑步他们的后尘，在"古雅难将子美亲"一首中，明确表示"论诗宁下涪翁拜，未作江西社里人。"

第二，主张自然天成，反对夸多斗靡。

在诗歌风格上，元氏是主张古调，反对新声的。主张古调，并不是模拟，指的是自然天成的风格。所谓新声是指夸多斗靡、逞弄才华的一套。他一方面肯定了陶渊明的"一语天然万古新，豪华落尽见真淳"，谢灵运"池塘生春草"的"万古千秋五字新"，欧、梅的"百年才觉古风迥"；一方面否定了"斗靡夸多""布谷澜翻"的作风，指出杜诗的"排比铺张"不过一体，元稹以此尊杜是未识连城璧，讥斥元、白、皮、陆，一直到苏、黄的次韵诗是"窘步相仍死不前""俯仰随人亦可怜"，批判了矜多炫巧的苏诗是"百态新"、黄诗是"古雅难将子美亲"，并比苏、黄诗为"沧海横流"。

第三，主张高雅，反对险怪俳谐怒骂。

从主张古调的观点出发，元氏又强调高雅。一方面在"纵横诗笔见高情"一首中肯定了阮籍；在"沈、宋横驰翰墨场"一首中肯定了陈子昂，陈子昂正是以力复"汉、魏风骨"自任的一人，而阮籍也正是"正始之音"的代表。两家之所以被元氏重视，就是由于风格的高雅。另一方面在"万古文章有坦途"一首中批判了"鬼画符"的险怪诗风，而慨叹于"真书不入今人眼"；在"曲学虚荒小说欺"一首中又指出了"俳谐怒骂岂诗宜？今人合笑古人拙，除却雅言都不知"。元氏这些崇尚高雅、反对怒骂为诗的理论，实际是受到苏、黄两家说诗的影响的。尽管元氏对苏诗的"百态新"一面有不满，但当时苏学在北方成为风气，元氏接受薪火之传，并不足怪，何况苏诗也还有高雅的一面，元氏并不曾予以抹杀。

第四，主张刚健豪壮，反对纤弱窘仄。

元氏在理论上重视阮籍、陶渊明、陈子昂的高风雅调，而在创作实践上，由于时代丧乱与北方雄壮河山的激发，以及苏学在北方的影响，加之他性格豪迈，凌云健笔，转近于苏，因此，他在风格论上，又强调刚健豪壮，反对纤弱窘仄。在"曹、刘坐啸虎生风""邺下风流在晋多""慷慨歌谣绝不传""东野穷愁死不休""有情芍药含春泪""池塘春草谢家春"等首中，对豪壮风格的曹植、刘桢、刘琨、《敕勒歌》、韩愈等尽情赞扬，对风云气少的张华、温庭筠、李商隐，"女郎诗"的秦观，以及"诗囚"的孟郊、"无补费精神"的陈师道则做了无情的讥嘲。但元氏也绝不否定李商隐诗的艺术成就，而给以"精纯"的评价，并且因无人为之作郑笺而感到遗恨。这说明元氏立论是比较公允而全面的。

第五，主张真诚，反对伪饰。

元氏除从诗歌艺术的角度分析其正伪清浊以外，特别重视作诗的根本关键。他感慨地指出"心画心声总失真，文章宁复见为人"的伪饰。而对陶诗的肯定，却正是因为它的"真淳"。正面主张"心声只要传心了"，出于真诚的才是好诗。元氏在《杨叔能小亨集引》中说："何谓本？诚是也。……故由心而诚，由诚而言，由言而诗也。三者相为一。……夫唯不诚，故言无所主，心口别为二物。"正是此诗的最好注脚。

师探小测

1. （选择题）元好问《论诗三十首》"东野穷愁死不休，高天厚地一诗囚"中"东野"指的是（　　）。

   A. 贾岛　　　　B. 李商隐　　　　C. 孟郊　　　　D. 韩愈

2. （选择题）元好问《论诗三十首》有"老阮不狂谁会得，出门一笑大江横"，其中"老阮"指（　　）。

   A. 阮籍　　　　B. 阮瑀　　　　C. 阮大铖　　　　D. 阮元

师探小测·参考答案

考点二十　梅尧臣、欧阳修、王安石

1. 唯造平淡难

2. 欧阳修

3. 文中把文和辞分开来讲，"文"指作文的本意，"辞"指篇章之美。作文的本意在于明道，而所谓"道"，则是可以施之于实用的经世之学。既然文以实用为主，因此，在内容与形式的关系上，王安石明确地指出必须重视内容。他认为文之有辞，"犹器之有刻镂绘画"。但在重视内容的前提下，形式也是重要的，不过两者之间有主次。他认为古文家虽然夸谈文以明道，但其真实的心得则在文而不在道。同时他也看到了道学家的矫枉过正，重道轻文，所以也不完全否认"巧且华"的作用。

考点二十一　苏洵、苏轼、黄庭坚

1. 发纤秾于简古

2. "点铁成金"出自黄庭坚《答洪驹父书》："古之能为文章者，真能陶冶万物，虽取古人之陈言入于翰墨，如灵丹一粒，点铁成金也。"黄庭坚主张巧妙运用前人作品中的佳句善字，放在自己的作品中，这样那些佳句善字就会像灵丹一样，使自己的作品由铁被点化为金子。

考点二十二　李清照《论词》

1. B

2. 总括李清照《论词》对词的见解和要求，有以下几点：（1）高雅，（2）浑成，（3）协乐，（4）典重，（5）铺叙，（6）故实。从北宋末年的词坛趋势可以看出《论词》是足以代表当时多数人的主张的。因为当柳永、苏轼两家的词风和传统词风发生矛盾的时候，一部分词人对柳、苏表示了不同程度的不满。这篇词论提出词"别是一家"的主张，就是针对苏轼"以诗为词"的做法而发的。李清照主张歌词应分五音、五声、六律、清浊、轻重，是沿袭北宋文人词的传统的说法，她将此作为词"别是一家"不同于诗的佐证。

考点二十三　张戒、陆游

1. A

2. 奇险尤伤气骨多

考点二十四　严羽《沧浪诗话·诗辨》

1. 诗有别趣

2. 诗之法有五：曰体制，曰格力，曰气象，曰兴趣，曰音节。

考点二十五　元好问《论诗三十首》

1. C　2. A

元明部分

考点二十六　张炎《词源》

1. 《词源》

《词源》是张炎晚年的著作，上卷论乐律，下卷论词的赏鉴和作法。

2. 张炎《词源》的评词标准：

张炎提出评词的标准有三：一、意趣高远；二、雅正；三、清空。

他作词受北宋周邦彦和南宋姜夔的影响最大。但是张炎在该书中对周、姜两家是有抑扬之论的；他赞赏周词"浑厚和雅，善于融化诗句"，而不满他"意趣不高远"，不免"失雅正之音"，他说周词须"以白石骚雅句法润饰之"，才算是"天机云锦"。他论"意趣"和他的"雅正"之说相通；他说"词欲雅而正，志之所之，一为情所役，则失其雅正之音。……"他是因为不满柳（永）、周（邦彦）的"浇风"而提出"雅正""意趣"的要求的。但他一方面反对柳、周的"软媚"，另一方面也反对苏、辛的豪放，甚至说辛弃疾"作豪放词，非雅词也"，那无疑是他的偏见了。

3. 张炎《词源》的贡献

张炎是一位精通音律的词家，《词源》上卷都是讨论乐律的。他继承父亲张枢"晓畅音律"的家学，又从古琴家杨瓒问学，在词乐未失坠的时候，记录下许多歌词的文献，这是他在词学上的大贡献。《杂论》第一条说："词之作必须合律，然律非易学。"又说："音律所当参究，词章先宜精思。"这对当时一部分死腔盲填的词家是一记当头棒喝。南宋词人中讲究音律的多奉周邦彦的《清真集》为典范，方千里、杨泽民、陈允平都有和清真词，都严格遵守周词的四声，字字不敢移易，因此，往往弄得文理不通。我们讨论词律，首先必要求作品成其为文学，然后才谈得上合乐合律。姜夔作《自度曲》，自说"初率意为长短句，然后协以律"，这是因文造乐，不是因乐造文的。张炎针对方、杨的流弊，提出他自己对音乐和辞章的看法，是善于体会姜夔《自度曲》的精神的。

4. "词要清空，不要质实"

出自张炎《词源·清空》。"清空"与"质实"相对而言，大抵张炎所谓"清空"的词是要能摄取事物的精神而遗其外貌；"质实"的词是写得典雅奥博，但过于胶着于所写的对象，显得板滞。张炎在《词源》里特立"清空"一目，是为不满吴文英词晦涩的作风而发的，并抬出姜夔作为"清空"的典范作家。

师探小测

1.（选择题）张炎评词的标准主要包括（　　）。
A. 意趣高远、雅正、古朴　　　　B. 意趣高远、协乐、清空
C. 意趣高远、雅正、清空　　　　D. 雅正、协乐、古朴

2.（选择题）张炎认为体现"清空"的典范作家是（　　）。
A. 周邦彦　　　B. 欧阳修　　　C. 吴文英　　　D. 姜夔

考点二十七　钟嗣成《录鬼簿序》

1.《录鬼簿》的内容

钟嗣成的《录鬼簿》广泛地记载金元戏曲作家的传记和作品目录，有的附《凌江仙》表示凭吊和评价，是一部比较系统的戏曲史和批评著作，也是中国戏曲史上现存的第一部重要文献。

2.《录鬼簿》的分类

第一期："前辈已死名公才人，有所编传奇行于世者。"
第二期："方今已亡名公才人余相知者"及"已死才人不相知者"。
第三期："方今才人相知者"及"方今才人闻名而不相知者"。

3.《录鬼簿》的历史地位

当时封建正统的士大夫对那些戏曲作家多数是轻视的，因而他们的生平与创作自然不载于正史列传，钟嗣成却不管他们的"门第卑微，职位不振"，而竭力推崇他们的"高才博学，俱有可传"，认为有其不朽价值，并希望通过对他们的介绍，对戏曲创作的发展起积极的作用。"冀乎初学之士，刻意词章，使冰寒于水，青胜于蓝"，就是情见乎辞的。《录鬼簿序》最后又说自己的著作可能"得罪于圣门"，可见这种高度肯定戏曲文学与作家的态度，对封建传统思想来说，是一种叛逆。

《录鬼簿》中对"前辈已死名公，有乐府行于世者"以董解元列首位，"前辈已死名公才人，有所编传奇行于世者"以关汉卿列首位，具见对董、关两人在戏

曲发展史上地位的肯定。在关于鲍天佑、睢景仁等所做的评价中，强调他们的作品"多使人感动咏叹"的感染力量和风格的"新奇"等，在某种程度上揭示了新兴文学的特征，反映了著者对戏曲创作的要求和批评标准。

师探小测

1. （填空题）《录鬼簿》的作者是（　　　　）。
2. （选择题）《录鬼簿》中"前辈已死名公，有乐府行于世者"把（　）列在首位。
   A. 白朴　　　　B. 关汉卿　　　　C. 董解元　　　　D. 马致远

考点二十八　何景明、李开先、王世贞

1. 何景明《与李空同论诗书》

（1）李空同，即李梦阳。李梦阳倡言文必秦汉，诗必盛唐。与何景明、徐祯卿、边贡、朱应登、顾璘、陈沂、郑善夫、康海、王九思等号称"十才子"，又与何景明、徐祯卿、边贡、康海、王九思、王廷相号称"七才子"。后来李攀龙、王世贞等后七子出，复奉以为宗，天下推李、何、王、李为"四大家"。

（2）《与李空同论诗书》所提出的复古主张的内涵

明代前七子以李梦阳、何景明为代表。李、何以复古为号召，转变了一时的风气，毫无疑问，他们都是主张从学古入手的。

问题的关键，首先在于学古的方法：何景明以为应该是"领会神情""不仿形迹"。所谓"以有求似"，也就是说，由表及里，因内符外，不仅得其形貌，而且要得其神情；而李梦阳则"刻意古范，铸形宿模，而独守尺寸"，步趋于形迹、法度之间。何景明并不废弃法度，但他所谓"不可易之法"，指的是"辞断而意属，联类而比物"的诗文的体势，所以说，"法同则语不必同"。而李梦阳之所谓法古，主要是模仿古人的语言。何景明以为"声以窍生，色以质丽"，过求形似，反而汩没了才情，无异于"实其窍，虚其质"，其结果必然是"求之声色之末"，愈即而愈离了。

由这个问题而引申出来的是学古与创新的关系。何景明以为学古由"领会神情"入手，则学古只是入门的途径，而不是终极的目的，从古人入，必须从古人出。所谓"舍筏则达岸矣，达岸则舍筏矣"，意思是说，无筏不能登岸，登岸就必须舍筏；舍筏才说明得登彼岸，否则还是飘浮在中流而无所归宿。学古的目的是"自创一堂室，一户牖，成一家之言"。倘若像李梦阳那样，终身停留在尺寸于古

法之中，正如"小儿倚物能行，独趋颠仆"一样，是不可能在艺术上发挥独创精神的。他说李梦阳的近作，"间入于宋"，"宋人似苍老而实疏卤"，"苍老"指尽洗词华，以意格取胜的一种艺术境界，"疏卤"只是个空架子；"疏卤"而似"苍老"，亦即所谓"古人影子"；"疏卤"和"苍老"，是真伪问题。他说自己的诗，"不免元习"，"元人似秀峻而实浅俗"，"秀峻"和"浅俗"，则是艺术水平之高下而已。其所以然，由于一个模拟形迹，学古过于求似，因而终身不舍筏，亦即不能登岸；一个仅仅领会神情，学古有所不及，虽然不免浅俗，却是能舍筏而登岸的。

2. 李开先《市井艳词序》

（1）李开先对民间歌谣的认识的意义

市井艳词，也就是民间歌谣。它的一个最大的特点是"语意则直出肺肝，不加雕刻"，反映了真实的感情，唯其是真，才具有感人的力量。李开先重视市井艳词，正在"以其情尤足感人也"。它说明了文学的力量来自对生活的真实的反映。

市井艳词的另一个特点是它的群众性。"二词哗于市井，虽儿女子初学者，亦知歌之。"李开先仿其体而作歌词，"市井闻之响应"。这说明它深受群众的喜爱，对广大群众有着深刻的影响。

在前后七子鼓吹"文必秦汉，诗必盛唐"的复古声中，明代弘治、万历间的诗文创作盛行着盲目模拟古人的习气。李开先把眼光转向民间文学，从事传奇创作，他像王叔武一样，提出"真诗乃在民间"的意见，主张从民间创作中吸取营养，这对当时的剽拟文风具有极大的针砭作用。

在封建社会里，民间文学一向受到士大夫的轻视。李开先搜集辑录市井艳词，被后来的钱谦益视为"多流俗琐碎，士大夫所不道者"。李开先却有勇气把这种民间文学直配风雅，并对孔子的"放郑声"提出异议。这种文学见解有助于加强文学与现实生活的联系，对推动文学的发展是具有积极意义的。

（2）"真诗只在民间"

出自李开先《市井艳词序》："故风出谣口，真诗只在民间。"在前后七子鼓吹"文必秦汉，诗必盛唐"的复古声中，明代弘治、万历间的诗文创作盛行着盲目模拟古人的习气。李开先把眼光转向民间文学，从事传奇创作，他像王叔武一样，提出"真诗乃在民间"的意见，主张从民间创作中吸取营养，这对当时的剽拟文风具有极大的针砭作用。

3. 王世贞《艺苑卮言》

（1）王世贞是明代后七子之一，著有《艺苑卮言》。

（2）《艺苑卮言》论格调曾云："思即才之用，调即思之境，格即调之界。"

师探小测

1. （简答题）简述何景明《与李空同论诗书》所提出的复古主张的内涵。
2. （选择题）"真诗只在民间"语出（　　）。
   A. 何景明《与李空同论诗书》　　B. 李开先《市井艳词序》
   C. 冯梦龙《序山歌》　　　　　　D. 王世贞《艺苑卮言》

考点二十九　李贽、汤显祖、袁宏道

1. 李贽《忠义水浒传序》所体现的文学思想

他首先指出《水浒传》为发愤之作，不是无病呻吟的作品，他把司马迁的"发愤著书"说作为《水浒传》的创作精神，"《水浒传》者，发愤之所作也"。作者"虽生元日，实愤宋事"，"宋室不竞，冠履倒施"，他一面说明作者是有感而作，同时又指出：封建统治阶级的腐败荒淫和祸国殃民的对外政策，是产生《水浒传》的根源。

在封建黑暗政治的残酷统治下，善良人民无路可走，又不肯"束手就擒"，"其势必至驱天下大力大贤而尽纳之水浒矣"，这是"官逼民反""逼上梁山"的一种说明。那些"啸聚水浒之强人"，不仅不是如封建正统文人所诬蔑的"盗贼"，而是"同功同过、同死同生"的忠义英雄，基于这样的立场和认识，作者赞扬了水浒人物的正义精神，大大提高了《水浒传》的社会地位和文学价值。

然而，李贽对《水浒》的评价，也有极其错误的一面。他把小说中写的"身居水浒之中，心在朝廷之上，一意招安，专图报国"的宋江说成"忠义之烈"，还肯定"南征方腊"这样镇压农民起义的描写，这说明他的思想深处并没有突破封建传统观念的藩篱。

2. 汤显祖《答吕姜山》

（1）在明代中叶的戏剧创作中，曾出现两大派别，一是以沈璟为代表的格律派，一是以汤显祖为代表的言情派。

（2）汤显祖《答吕姜山》所体现的理论主张

《答吕姜山》一文，反映了汤显祖关于戏剧理论的主要观点。

其一，是戏剧创作不能单纯强调作曲的格律。他反对以按字摸声来损害作者感情的表现，也否定拘泥于寻宫数调以损害丽词俊音的运用。但是，汤显祖并不如沈璟派所说的是曲律的反对者。他的作品本身不乏音律之美，可以说明这一点。在这里，他同意对于音律"唱曲当知，作曲不尽当知也"的说法，也反映了他的一个基本观点：对作者来说，作品的内容比形式更重要。

本文另一个基本观点，即认为一个剧本应该包括意、趣、神、色四个方面。汤显祖在《与宜伶罗章二书》中说："《牡丹亭记》要依我原本，其吕家改的，切不可从。虽是增减一二字以便俗唱，却与我原做的意趣大不同了。"由此可见，他所谓意趣，指的是作者的意旨和风趣。在《答王澹生》中，汤显祖把神情、声色并举，说明他所说的神情指的是作品所表现的感情和声韵文词。意、趣、神、色，实际上包括了作品的内容和形式两个方面。

　　汤显祖曾经说过："世总为情，情生诗歌。"并公开宣称："师讲性，某讲情。"他主张文学作品应以言情为主。从他的剧作来看，他所表现的情具有突破封建礼教的性质，要求突破传统的束缚，反映了个性解放的要求。而他的以情为主的意、趣、神、色的文学主张，反映了社会生活中的新的思想意识，对明代的复古主义是有力的针砭。沈际飞在《玉茗堂文集题词》中说："言一事，极一事之意趣神色而止，言一人，极一人之意趣神色而止。何必汉宋，亦何必不汉宋。"这就指出了汤显祖提倡意趣神色的反复古主义的特点。

　　3. 袁宏道《雪涛阁集序》

　　（1）《雪涛阁集》为明代江盈科所著。

　　（2）明代七子派的拟古诗潮震荡一时以后，诗道日趋于穷。穷则变，公安派出，高举变古的旗帜以与复古派抗。公安三袁，以袁宏道为中坚，建立了诗论的体系。

　　（3）袁宏道论诗"变"之内涵

　　"变"之一字，是袁宏道论诗的特点。"古有古之时，今有今之时"，作者从古今时异的观点出发，认为"文之不能不古而今也，时使之也"。时有变，则作为这一时代的文学也不能不变。这一前提，就根本否定了七子复古派的诗论。

　　变，从两方面着眼：一方面，从体制上说，不同时代不同的文学作品，有它不同的"音节、体致"和写作方法；另一方面，从一种体制的风格上说，不同的时代有不同的时代风格。"妍媸之质"的标准，"不逐目而逐时"。不论是体制抑或是风格，陈陈相因则弊生；变则通，通则久，久而又穷则又变。

　　（4）袁宏道论诗"变"的价值

　　蹈袭拟古与"穷新极变"，是创作上两条不同的道路。明代复古派的诗论家未尝不谈变，如何景明、王世懋、胡应麟。但是复古派谈变，缺陷很大。袁宏道主张"信腔信口，皆成律度"，"古人之法，顾安可概哉？"冲破一切樊篱，显然要比何、王、胡的论"变"彻底得多。正因如此，何、王、胡的诗论与李梦阳、李攀龙等一味主张摹古的，只是复古派内部的分歧，而袁宏道的谈"变"，矛头就直接指向了整个复古派。

师探小测

1. （选择题）李贽认为《水浒传》的创作精神是（　　　）。
A. 发愤著书　　　B. 童心未泯　　　C. 影射现实　　　D. 游戏之作
2. （填空题）明代中叶的戏剧创作中，言情派的代表作家是（　　　　　）。
3. （填空题）袁宏道《雪涛阁集序》是为（　　　　　）的文集作的序。

考点三十　王骥德、钟惺、冯梦龙

1. 王骥德《曲律》

（1）《曲律》又称《方诸馆曲律》，明代王骥德著。内容是论述南北曲的源流、宫调、作曲和唱曲方法，兼及剧本结构、情节、宾白、科诨等；同时也评论杂剧、传奇、散曲等作品。

（2）王骥德《曲律》中表达的戏曲理论主张

首先，他主张戏剧作家必须广泛学习国风、《离骚》，以及乐府诗词、戏曲各方面的优秀遗产，丰富文学修养，博采众长，在胸中消化，创作时取其神情标韵，作为自己的血肉，方可"千古不磨"。不仅要多读书，而且不能在创作中"卖弄学问，堆垛陈腐"。在"论声调""论句法""论字法""论用事"诸篇里，也涉及了这一问题。

其次，关于戏剧结构，他主张贵剪裁、贵锻炼、突出重点，抓住头脑，俱为卓见。关于声乐，要"以调合情"，才可增强戏剧的感染力。评价作品，以可演可传、雅俗共赏为上。如只辞工语妙，可读而不可演，为第二流，至于"掇拾陈言"为学究，"凑插俚语"为张打油，那就更无价值了。

再次，曲家多不注意宾白，王骥德认为不能轻视。他指出白不易作，"其难不下于曲"。一是定场白须稍露才华，不可深晦；二是对口白须明白简直，不可太文；三是白须音调铿锵，"却要美听"；四是白要多少适宜，"多则取厌，少则不达"。他既说明了宾白的作法，同时又强调了宾白在戏剧中的重要地位。

最后，他认识到了戏剧的社会教育作用，要求作品要重视内容；但他所强调的内容有关风化，因此，目《琵琶记》的《拜月》为宣淫，这表现了他的封建观点。

2. 钟惺《诗归序》

（1）《诗归》为明代钟惺、谭元春同编。当公安派以轻巧救七子之流弊，风靡一时之后，破律坏度之弊又生，钟惺又起而矫公安之弊，意欲别出手眼，另立幽深孤峭一宗，以凌驾于古人之上。同里谭元春为之羽翼，海内谈诗者称为"钟谭"，学之者形成为竟陵派。

（2）钟惺《诗归序》中所表达的竟陵派的诗歌理论内容

《诗归》一书具体贯彻了钟惺的诗论，《诗归序》即是《诗归》论旨的概括。

第一，作者认为诗家途径之变有尽，而精神之变无穷，因此，向上一着，不当限于途径上取异，而应于精神上求变，亦即是应求古人之真诗。

第二，据此以衡量有明一代诗风的递变，前者是七子的学古，取径于极肤极狭极熟，其病为空廓；后者是公安所走的捷径，其病为俚僻。两者同样只是取异于途径，是不求古人真诗之过。

第三，指出选《诗归》以救弊的用意在于求古人真诗所在，即是求古人精神所在，有意识地避免走上肤熟与俚率的道路，而要使"心目为之一易"。怎样求真诗？作者是要"察其幽情单绪，孤行静寄于喧杂之中；而乃以其虚怀定力，独往冥游于寥廓之外"的。这就是作者所谓求变于精神。但作者所"覃思苦心，寻味古人之微言奥旨""潜思遐览，深入超出，缀古今之命脉，开人我之眼界"的，仍然是在"取异于涂径"。他评王季友诗说："每于古今诗文，喜抬其不著名而最少者，常有一种奇趣别理，不堕作家气。"所谓"奇趣别理"，与本文所谓"幽情单绪"是同一意义。这种精神，要通过覃思冥搜的途径来表达。《诗归》的宗趣在此。但并不能真的从诗歌的精神上求变，而只是偏尚于一种风格，其缺点也在此。

3. 冯梦龙《序山歌》

（1）明代，尤其是明代中叶，在当时的社会历史下，民歌非常繁荣，这些作品的优美技巧，引起文人的重视。从事民歌的整理和研究，成为当时进步文人的新任务。冯梦龙所编纂的《童痴一弄·挂枝儿》和《童痴二弄·山歌》是他在这方面的贡献。

（2）"借男女之真情，发名教之伪药"，出自冯梦龙的《序山歌》。意思是说借男女之真情来揭发封建礼教的虚伪性。

师探小测

1.（选择题）王骥德在《曲律》一书中认为（　　）。

A. 曲家需多读书，博闻广见

B. 曲家创作以曲辞为主，不必计较宾白

C.《琵琶记》与《拜月亭》同为封建教化的好教材

D. 以汤显祖为代表的临川派才是戏曲创作的主流

2.（填空题）《诗归》为（　　）、谭元春所编诗歌选本，体现了竟陵派的文学主张。

3.（填空题）冯梦龙说《挂枝儿》等能"借男女之真情，发（　　）之伪药"。

师探小测·参考答案

考点二十六　张炎《词源》

1. C　2. D

考点二十七　钟嗣成《录鬼簿序》

1. 钟嗣成　2. C

考点二十八　何景明、李开先、王世贞

1. 首先，学古的方法：何景明以为应该是"领会神情""不仿形迹"。所谓"以有求似"，也就是说，由表及里，因内符外，不仅得其形貌，而且要得其神情。其次，学古与创新的关系：何景明以为学古由"领会神情"入手，则学古只是入门的途径，而不是终极的目的，从古人入，必须从古人出。所谓"舍筏则达岸矣，达岸则舍筏矣"，意思是说，无筏不能登岸，登岸就必须舍筏；舍筏才说明得登彼岸，否则还是飘浮在中流而无所归宿。最后，学古的目的是"自创一堂室，一户牖，成一家之言"。

2. B

考点二十九　李贽、汤显祖、袁宏道

1. A　2. 汤显祖　3. 江盈科

考点三十　王骥德、钟惺、冯梦龙

1. A　2. 钟惺　3. 名教

清代部分

考点三十一 幔亭过客《西游记题词》

1. 幔亭过客系袁于令别名。
2. 《西游记题词》中有"言真不如言幻，言佛不如言魔"一句。
3. 袁于令《西游记题词》中对小说虚构理论的阐释

袁于令在《西游记题词》里阐明了幻与真的关系。他认为"文不幻不文"，没有虚构就没有文学，并提出"极幻之事，乃极真之事"，透露了《西游记》的幻想的情节与生活真实之间的关系。然而，他对于这一方面没有做出详细的论述。在我们看来，《西游记》的情节虽然以幻想的形式出现，孙悟空的形象也涂上了理想化的色彩，但都是以现实生活为基础的。大闹天宫是农民战争的升华，孙悟空的形象则是敢于反抗、敢于斗争的人物性格的概括。袁于令没有清楚地认识到这一点，但指出《西游记》不是"雕空凿影，画脂镂冰"的向壁虚构，可与现实主义的《水浒传》并驰中原，对浪漫主义的文学作品给予积极肯定，这对文学理论和文学实践都是有积极意义的。

师探小测

1. （选择题）"言真不如言幻，言佛不如言魔"语出（　　）。
   A. 李渔《闲情偶记》　　　　　B. 李贽《忠义水浒传序》
   C. 钟嗣成《录鬼簿序》　　　　D. 袁于令《西游记题词》
2. （选择题）袁于令在《西游记题词》里阐明了（　　）。
   A. 真与假的关系　　　　　　　B. 幻与真的关系
   C. 文与质的关系　　　　　　　D. 体与用的关系

考点三十二　李渔《闲情偶寄》

1. "立主脑"

出自李渔《闲情偶寄》。"主脑非他，即作者立言之本意也"，"主脑"应即一篇文章的主题思想。"立主脑"强调戏曲创作中主题思想的重要和主要人物事件的突出。比如他认为《西厢记》的主脑是白马解围，"是'白马解围'四字，即作《西厢记》之主脑也"。

2. "减头绪"

出自李渔《闲情偶寄》。"头绪"，即事迹之条理。"减头绪"要求作家把"头绪忌繁"四字刻画在心，主线分明，使剧本的思路不分，文情专一。

3. "密针线"

出自李渔《闲情偶寄》。"针线"，即剧中事迹起伏前后照应之方法。"密针线"要求布置严紧，情节前后统一，善于联络穿插，使整个剧本浑然一体。

4. "审虚实"

出自李渔《闲情偶寄》。"审虚实"论述了戏曲的艺术真实问题，并初步讨论到古今题材的处理问题，提出了"传奇无实，大半皆寓言耳"的重要理论，把艺术真实与生活真实、历史真实区别开来，批驳了"古事多实"的流行说法，但也讲究不可任意改动或者捏造而与众情相违。

5. 李渔戏曲理论的主要贡献

李渔的戏曲理论，颇多超越前人的地方。

他提出结构第一、词采第二、音律第三、宾白第四、科诨第五、格局第六的看法，主次分明，自成一说，重视戏曲艺术的特点和要求。他认为戏曲作品首先在于主题鲜明，结构严整。词采、音律等，都是为主题、结构服务的，"未有命题不佳，而能出其锦心扬为绣口者也""非审音协律之难，而结构全部规模之未善也。"（《结构第一》）他强调作剧之前，必先立好间架，制定全形，若急于拈韵抽毫，"当有无数断续之痕"，终究是要失败的。

在论结构部分，除《戒讽刺》表现了封建观点以外，其余各条都有特色。《立主脑》强调主题思想的重要和主要人物事件的突出。《密针线》《减头绪》是要布置严紧，主线分明，善于联络穿插，不能有任何破绽和矛盾。《脱窠臼》是贵独创，反对盗袭。《戒荒唐》是说戏曲要合于人情物理，不必以怪异为奇。"凡作传奇，只当求于耳目之前，不当索诸闻见之外"，已认识到戏曲现实性的重要意义。《审虚实》初步讨论古今题材的处理问题。"欲劝人为孝，则举一孝子出名，但有一行可纪，则不必尽有其事，凡属孝亲所应有者，悉取而加之。亦犹纣之不善不如是之甚也。一居下流，天下之恶皆归焉"，这在理论上已涉及典型性格的问题。

关于词采，他主张贵显浅、重机趣、戒浮泛和忌填塞。"文章做与读书人看，故不怪其深；戏文做与读书人与不读书人同看，又与不读书之妇人小儿同看，故贵浅不贵深"（《忌填塞》）。但贵显浅，并不是一味粗俗。脚色不同，用的语言也不同。语言必须适合人物的性格和身份，才能表现真实。"如填生、旦之词，贵于庄雅；制净、丑之曲，务带诙谐，此理之常也。乃忽遇风流放佚之生、旦，反觉庄雅为非；作迂腐不情之净、丑，转以诙谐为忌"（《结构第一》），因此，不能死守陈规，必须设身处地。"欲代此一人立言，先宜代此一人立心"（《语求肖似》），这些意见对于艺术形象的塑造很有意义。他又论述了抒情写景的相互关系："情自中生，景由外得。……以情乃一人之情，说张三要像张三，难通融于李四……善咏物者，妙在即景生情。"（《戒浮泛》）"同一月也，出于牛氏之口者，言言欢悦；出于伯喈之口者，字字凄凉。"（《密针线》）他处处从人物性格和艺术形象的角度来谈语言技巧，与当时一般论词采者是大不相同的。

他指出当时戏曲的词采，缺少机趣，流于浮泛，而多有填塞之病，"多引古事，叠用人名，直书成句"，其原因是："借典核以明博雅，假脂粉以见风姿，取现成以免思索。"（《忌填塞》）这种批评，针对当时戏曲界的不良倾向，很有积极意义。在论音律、宾白、科诨等方面，也有些好的意见。

李渔的戏曲理论是前人经验和他自己实际经验的总结。他对戏曲的社会意义，还存在某些封建观点，因而对戏曲的内容问题认识不足；但关于戏曲艺术技巧的论述，确有一些独到的见解，对当时的戏曲界颇有影响。

师探小测

1. （选择题）在李渔的戏曲理论体系中处于首要地位的是（　　）。
A. 音律　　　　B. 宾白　　　　C. 结构　　　　D. 格局
2. （选择题）李渔戏剧理论中与词采有关的观点是（　　）。
A. 密针线　　　B. 戒浮泛　　　C. 脱窠臼　　　D. 审虚实

考点三十三　王夫之、叶燮、王士祯

1. 王夫之关于诗歌情景交融艺术境界的分析

在《夕堂永日绪论》中，他说："烟云泉石，花鸟苔林，金铺锦帐，寓意则灵。"所谓"寓意"，也就是融情入景，必须是"己情之所自发"。他以为在诗歌里任何客观景物的描写，都包括诗人主观上的感受。这主观上的感受又是从哪里来的呢？则"身之所历，目之所见，是铁门限"。有了真实的体验，融情入景，情景相生；主和宾"乃俱有情而相浃洽"，才能使客观景物成为"人化的自然"。王维不到终南山，杜甫不登岳阳楼，就不可能写出"阴晴众壑殊""乾坤日夜浮"这样的诗句。这类诗不仅仅是模写山深水阔的形状，而且是诗人根据"身之所历，目之所见"，描绘出一时的情景。景中有情，它就是富有生命活力的景。"寓意则灵"，其真实意义，乃在于此。反之，没有真实的体验，徒然役心掇索，纵使极其工妙，也还是像"隔垣听演杂剧"，终于隔了一层。他批评贾岛、许浑、梅尧臣等人的诗，都是从这个论点出发的。

情景互相触发，"妙合无垠"；而就某些具体作品的境界来说，则有"情中景""景中情"的区别。他不但精密地剖析了情和景的关系，而且进一步指出："不能作景语，又何能作情语"，说明了主观与客观的先后关系，也说明了"以写景之心理言情"，才能曲尽情态的问题。

由于他是从情景的关系来论诗，因此，他把"势"看作"意中之神理"，指的是一种"宛转屈伸"的意境，而不是如一般所理解的"气势"之"势"。

怎样才能达到情景交融的境界？他以为是"神理凑合时，自然拾得"。因此，他特别强调灵感的作用。所谓"才着手便煞，一放手又飘忽去"，那就是说，要善于把握一刹那间的感觉，不即不离地去着笔。他主张自出胸臆，反对建立门庭。这些意见，都能使人耳目一新；特别是在标榜门户的明代，他大胆地抨击七子、竟陵派，更有其现实意义。

2. 叶燮《原诗》中阐述的"理、事、情"与"才、胆、识、力"的主要艺术思想

文中指出作诗之本，就被表现的客观事物来说，可以用理、事、情三者来概括；就诗人的主观来说，则以才、胆、识、力四者为要。描写任何对象，都应该结合理、事、情进行艺术构思；而才、识、胆、力，"所以穷尽此心之神明"，一切的理、事、情"无不待于此而为之发宣昭著"。两者又是互相作用的。

理、事、情是存在于事物本身的，天地间任何事物都有其理、事、情可言，"三者缺一，则不成物"。"譬之一木一草，其能发生者，理也；其既发生，则事也；既发生之后，夭乔滋植，情状万千，咸有自得之趣，则情也。"理、事、情三者既无往而不在，又无往而不合，所以不应该把诗仅仅看成是抒情的，而把情和事、理割裂开来。他又说，理有可言之理，也有不可名言之理；事有可征实之事，也有不可施见之事。诗人的本领，诗歌的特点，就在于写出"不可名言之理，不可施见之事，不可迳达之情"。文中以杜甫诗"碧瓦初寒外""月傍九霄多"等句为例，说明诗歌的艺术构思是"幽渺以为理，想象以为事，惝恍以为情"。所谓"遇之于默会意象之表"，是不能胶柱鼓瑟以求之的。

就诗人的才、胆、识、力而言，他以为才外现而识内含，"识为体而才为用"。四者之中，以识为先。才和力，出之于禀赋，有高下、大小之分；识和胆则出之于锻炼，是后天的。识是一种辨别能力，无识则"理、事、情错陈于前，而浑然

茫然，是非可否，妍媸黑白，悉眩惑而不能辨"。"识明则胆张"，胆张则才思流溢，横说竖说，左宜而右有。力是自成一家的表现。人各自奋其力，就不至依傍别人，而能自立门户了。

本于理、事、情以论诗，对于法的问题，叶燮有其一种比较正确的看法。他以为诗文之道，"先揆乎其理，揆之于理而不谬，则理得；次征诸事，征之于事而不悖，则事得；终絜诸情，絜之于情而可通，则情得。三者得而不可易，则自然之法立"。这"自然之法"，本于理、事、情。理、事、情变化万殊，不可能预设一定的程序作为表现的方法，运用之妙，在乎神而明之。从这个意义来说，法是活法，"活法为虚名，虚名不可以为有"，因为"作者之匠心变化，不可言也"。从另一个方面来说，法本于理、事、情，"不能凭虚而立"，则"法者定位也"，"定位不可以为无"。然而这定位之法，只不过是一种死法，如诗歌的声律、章句等，是初学之所能言的。因此，他极力反对为法所拘，指出泥于死法的人，正是由于"不能言法所以然"，亦即不知诗之本的缘故，其结果必然照本临摹，墨守成规，不能恰当表现理、事、情，也不可能见出个人和时代的面目。

本于才、胆、识、力以论诗，而以识为主，文中强调指出诗之工，"非就诗以求诗"，根本问题在于诗人的胸襟。他把胸襟比作建造屋宇的基础，而学习古人，加强艺术修养，则是材料的累积。"有胸襟，然后能载其性情智慧、聪明才辨以出，随遇发生，随生即盛。"这样，匠心自出，材料的运用也就各得其宜了。由于着眼于诗人的胸襟，所以反对模拟，反对因袭，主张在继承传统之中不断创新。

3. "神韵说"

王士禛是"神韵说"的倡导者，"神韵说"是他诗论的核心。"神韵说"影响了清朝前期的诗坛，几乎达百年之久。

所谓"神韵"，是指作品意境的清雅淡远，而又有弦外之音，味外之味。"神韵"具有清远的特点，就是不论写景或抒情，都力求含蓄，表现清雅淡远的风神韵致。诗意蕴含在景物之中，景清而意远，感情由诗境来透露，不直抒胸臆，由欣赏者去体味。总之，王士禛倡导的"神韵"，主要是指王维、孟浩然一派山水田园诗那种意境的清远含蓄、自然超妙，风格的淡雅宁静、余味悠长。

师探小测

1. （填空题）"不能作景语，又何能作情语邪"语出王夫之的（　　　）。
2. （填空题）《原诗》是一部体系完整的诗学著作，它的作者是（　　　）。
3. （填空题）（　　　）是影响了清代诗坛近百年的"神韵说"的倡导者。

考点三十四　刘大櫆、闲斋老人、曹雪芹

1. 刘大櫆《论文偶记》

（1）刘大櫆在桐城派古文理论的发展中，是承前启后的人物。刘大櫆少游方苞门，传其古文义法，姚鼐继起，世称为方、姚、刘。

（2）《论文偶记》中阐述的有关古文理论

首先，他认为"义理、书卷、经济者，行文之实；若行文自另是一事"。这就是说，文章的思想内容虽然与艺术形式有密切的关系，思想是居于首要的地位，但艺术本身有相对的独立意义。就行文而言，他认为"古人文章可告人者唯法耳"；然文章"无一定之律，而有一定之妙"，艺术的深广含义，绝不仅仅停留在法度上。即使于义理以求法度，也还只是法度而已。所以说："专以理为主者，则犹未尽其妙也。"由于这"一定之妙"，"可以意会，而不可以言传"，因此，他论文就重在艺术的体会。

其次，从艺术方面着眼，强调艺术上的体会，于是他拈出"神气"作为论文的极致。"神"和"气"分开来讲，"气"在更多的地方，可以说，是指语言的气势；而"神"则是"气之精处"，是形成一种独特风格的不可少的东西，亦即作者性格特征在艺术上完满而成熟的表现。离开了"神"而言"气"，"则气无所附，荡乎不知其所归"，不免流于虚矫、矜张、浮滑和浅易。故曰："神者气之主，气者神之用。""神为主，气辅之。"他认为："古人文字最不可攀处，只是文法高妙。"这高妙的文法，正是指以"神""运""气"，以"气"行文，不恃法度而又不离法度的境界。这样，虽不言法度，而法度自在其中，故云："神者，文家之宝。"他说文贵奇、贵高、贵大、贵远、贵简、贵变、贵瘦、贵华、贵参差，都是从艺术方面着眼，在以"神气"为极致的前提下立论的。

再次，以"神气"论文，毕竟太抽象了，于是他指出了于音节以求"神气"，于字句以求音节。文学是语言的艺术，人的思想感情是有激昂、平静和起伏的，发为声音，就会有抗坠抑扬的自然节奏。所以说："神气不可见，于音节见之。"声音的符号是文字，散文句式结构的特点在于长短相间、错综配合，以表达作者的语气和神情；而汉字异音同义的又很多，更充分地提供了调声以有利的条件。所以说："音节无可准，以字句准之。"字句、音节、神气，由表及里，由粗入精，从具体到抽象，这样，以神气论文，就不会踏入玄虚了。韩愈《答李翊书》说，"气盛则言之短长与声之高下者皆宜"。我国古代优秀散文之所以富于音节美，其奥秘就在于此。后来桐城派文人都把因声以求气奉为不易之论；而纵声朗诵或低声讽诵，更成为他们学习和欣赏文章的重要手段和方法。

最后，由音节证入，是刘大櫆论文的独到之处，但也有其片面性。因为构成文学语言因素的不只声音一个方面，单纯地强调音节，仅仅得其一端；倘若把模

拟古人的腔调当作文章之能事，则流弊更不可胜言了。

2. 闲斋老人《儒林外史序》

（1）对小说主题的分析

闲斋老人的《儒林外史序》揭示《儒林外史》的思想意义说："其书以<u>功名富贵为一篇之骨</u>。"事实也正是这样，《儒林外史》把知识分子对于功名富贵的态度作为区分他们的尺寸和标准，深刻揭露功名富贵对知识分子的侵蚀和毒害，尖锐地抨击了以功名富贵为目的的科举制度，辛辣地鞭打了追求功名富贵的卑劣手段和可耻行径。序言把这一主旨揭示出来，并阐明它对全书的统率作用，也就是从理论上强调主题思想对小说创作的重要意义。

（2）对小说艺术的分析

序言特别提道，"摹写人物事故，即家常日用米盐琐屑，皆各穷神尽相"，也就是要注意细节描写的真实性。它要求"人之性格心术，一一活现纸上"，已涉及描写人物形象的深刻性和生动性相统一的问题。鲁迅先生说《儒林外史》描写的人物，"皆现身纸上，声态并作，使彼世相，如在目前"。这说明序言提到的上述两个方面，是《儒林外史》创作经验的总结。实际上它也是小说创作的普遍规律的概括。

3. 曹雪芹《红楼梦》

（1）《红楼梦》第一回中说道："因空见色，由色生情，传情入色，自色悟空，遂易名为'情僧'，改《石头记》为《情僧录》。至<u>吴玉峰</u>题曰《红楼梦》，东鲁<u>孔梅溪</u>则题曰《风月宝鉴》。后因曹雪芹于<u>悼红轩</u>中批阅十载，增删五次，纂成目录，分出章回，则题曰<u>《金陵十二钗》</u>，并题一绝云：<u>满纸荒唐言，一把辛酸泪。都云作者痴，谁解其中味。</u>"

（2）第一回对小说创作的思考

首先，曹雪芹对当时的"才子佳人书"痛下针砭。他认为那些作品"胡牵乱扯，忽离忽遇，满纸才人淑女"，尽落熟套。而小说语言"开口即者也之乎，非文即理"，也是一派旧腔。这些"千部共出一套"的作品在艺术上毫无可取之处，在思想内容上"涉于淫滥""不近情理"，亦无可称道之处。曹雪芹揭示他自己的创作意图是"不借此套""反倒新奇别致"，其目的则是"令世人换新耳目"。在这里，曹雪芹实际上提出了小说的"创新"要求，具有一反流俗的意义。而他的《红楼梦》确实起到使人耳目一新的作用，更使他的理论具有深刻的影响。

其次，在第一回里，曹雪芹虽以虚构的形式说了石头故事的由来，但不愿人们把他的小说理解为向壁虚构的作品。他反复强调这是"亲自经历的一段陈迹故事""至若离合悲欢，兴衰际遇，则又追踪摄迹，不敢稍加穿凿"，更是以生活真实作为基础的。当然，尊重生活的真实并不是要求小说创作成为生活的实录或作者的自传。曹雪芹在开宗明义第一回里就写道，<u>作者自云"将真事隐去""用假语</u>

村言敷演出一段故事来"。这就清楚地说明了，小说创作是在生活经验的基础上进行虚构，"取其事体情理"，进行艺术概括而成的。

《红楼梦》的另一个重要特点是"言情"。曹雪芹在第一回里自称他的小说是"大旨谈情"，也就是认为小说创作的主要任务，不是描写"淫邀艳约，私订偷盟"的陈套故事，而在于塑造人物的性格，表达人物的思想感情。而这一点，恰恰是《红楼梦》的突出成就。曹雪芹还进一步宣称，他的作品"记述当日闺友闺情，并非怨世骂时之书"；"大旨谈情"，而"毫不干涉时世"。这恰恰从另一方面透露了他的"言情"，具有极大的社会作用。"满纸荒唐言，一把辛酸泪。都云作者痴，谁解其中味。"这固然是希望通过"用辛酸泪哭成此书"，会激起读者感情上的共鸣，也是希望读者能理解它对现实的批判意义。

师探小测

1. （选择题）刘大櫆谈到文章的思想内容时以（　　）三者为"行文之实"。
   A. 义理、书卷、经济　　　　　　B. 义理、书卷、词章
   C. 义理、考据、词章　　　　　　D. 义理、考据、经济
2. （选择题）闲斋老人的《儒林外史序》中被称为"一篇之骨"的是（　　）。
   A. 因果报应　　B. 经国济事　　C. 功名富贵　　D. 发迹变态
3. （填空题）《红楼梦》第一回云："满纸荒唐言，一把辛酸泪。都云作者痴，（　　　　　　　）。"

考点三十五　袁枚、焦循、周济

1. 袁枚《答沈大宗伯论诗书》
（1）沈大宗伯，指沈德潜。
（2）袁枚论诗，标举"性灵"。"性灵"之说吸收了"神韵说"的某些论点，但并不像"神韵说"那样隐约朦胧，而是阐发得较为生动和具体。在当时，它一方面批判了以翁方纲为代表的"误把抄书当作诗"以考据为诗的诗风，认为"诗之传者，都自性灵，不关堆垛"（《随园诗话》）；另一方面，对以沈德潜为代表的"格调说"也表示不满，这篇《答沈大宗伯论诗书》就是针对"格调说"而发的。
（3）性灵说的内涵
袁枚以性灵论诗，作为性灵说的核心，是情感的真挚，诗中要能见出作者的性情，因此，他以为有关"人伦日用"，所谓"迩之事父，远之事君"固然是性情的表现，而与"人伦日用"无关的又何尝不是性情的表现？诗歌的内容应该像生

活本身一样丰富，此性情之正，亦即所以见性情之真。其《续诗品》有云："鸟啼花落，皆与神通。"可见诗人无往而不可以寓其情，而不是把诗歌的题材限制在某一个方面。

就艺术的表现来讲，袁枚极力主张风格的多样化。他以为人的个性不同，情感的性质各异，因而表现的方式也就不会一样。温柔敦厚、含蓄不尽和流虹掣电、发泄无余，因人，因时，因事，言各有宜，都是发于性情之真；而兴、观、群、怨，各有其感染与教育的作用。同样地，不可强调某一种风格而排斥另一种风格。

（4）袁枚对"格调说"的批评

其一，"格调说"者总是有时代的成见横梗胸中，他们把我国古代诗歌的发展在唐朝划了一个断限，对唐代以后的诗有所歧视。在这一点上，沈德潜虽不像明七子"诗必盛唐"那样把问题看得绝对化，然而也仍不免带有贵古贱今、尊唐抑宋的眼光。袁枚以性灵论诗，他所看到的是具体的诗和诗人，而不是这种抽象的诗歌史上的时代概念。"天籁一日不断，则人籁一日不绝。"因此，衡量的标准，只有工拙之分，而不应该有古今的区别。

其二，所谓"诗有工拙"，指的是什么呢？"格律莫备于古，学者宗师，自有渊源。"不可否认，诗歌的形式及其艺术技巧，有其相继承的传统关系；然而"性情遭遇，人人有我在焉"，不必同于古人，也不可能同于古人。正因诗中有我，所以变是发展的自然现象，不得不如此。因此，继承之中，同时就孕育着创新的因素，师古和师心是互相结合的。从这个意思来说，"变唐诗者，宋、元也；然学唐诗者，莫善于宋、元"。所以说："当变而变，其相传者心也。"这"心"指的是诗人的用心，亦即诗人的个性。反之，"当变而不变，其拘守者迹也"。泥于形迹，就会失其精神，成为生搬硬套的明七子了。

性灵之说，不仅重视性情之真，同时十分强调艺术上的灵感作用。袁枚以为只有有了灵感作用，才能各抒襟抱，见出性情之真，才能花样翻新，显出层出不穷的创造力。这样，今之莺花，虽不是古之莺花，"然而不得谓今无莺花"；今之丝竹，虽不是古之丝竹，"然而不得谓今无丝竹"，那么，今之诗亦犹古之诗了。把真实的感受生动活泼地表现出来，这就是性灵之说的真谛之所在。正因为袁枚的论诗从真实和新鲜两个方面着眼，所以他不以时废人，不以人废诗，而是就诗论诗，不拘一格，打破古今和门户的限制。

2. 焦循《花部农谭序》

（1）《花部农谭》是一部戏曲论著，焦循作。内容是对清代中叶扬州流行的若干地方戏曲剧目进行考证和分析，对当时被士大夫轻视的花部甚为推重。

（2）"花部"，指清代中叶昆曲以外的地方戏曲。焦循《花部农谭序》中道："'花部'者，其曲文俚质，共称为'乱弹'者也，乃余独好之。"花部语言通俗，妇孺能解，得到农叟渔父等普通民众的喜爱，具有慷慨动人的特点。

3. 周济《宋四家词选目录序论》

（1）"夫词，非寄托不入，专寄托不出"，意谓：词的创作，既要有寄托，又不能单凭寄托。

（2）周济以周邦彦、辛弃疾、王沂孙、吴文英四家分领一代。

师探小测

1. （选择题）袁枚论诗标举"性灵"，批判了以翁方纲为代表的"误把抄书当作诗"为诗的诗风，这种诗风的弊端是（　　）。

A. 以雕琢为诗　　B. 以神韵为诗　　C. 以文章为诗　　D. 以考据为诗

2. （名词解释）花部。

师探小测·参考答案

考点三十一　幔亭过客《西游记题词》

1. D　2. B

考点三十二　李渔《闲情偶寄》

1. C　2. B

考点三十三　王夫之、叶燮、王士禛

1. 《夕堂永日绪论》　2. 叶燮　3. 王士禛

考点三十四　刘大櫆、闲斋老人、曹雪芹

1. A　2. C　3. 谁解其中味

考点三十五　袁枚、焦循、周济

1. D

2. 花部指清代中叶昆曲以外的地方戏曲。焦循在《花部农谭序》中道："'花部'者，其曲文俚质，共称为'乱弹'者也，乃余独好之。"花部语言通俗，妇孺能解，得到农叟渔父等普通民众的喜爱，具有慷慨动人的特点

近代部分

考点三十六　龚自珍、《戒浮文巧言谕》、冯桂芬

1. 龚自珍对封建思想叛逆在文学上的主要表现

作为诗人和文学家，龚自珍对封建思想的叛逆最主要的表现就是要求个性解放。他在诗歌中急切地追求"童心"，在杂文里呼吁要解除对"病梅"的束缚，用意就在于此。

《书汤海秋诗集后》则是他的要求个性解放在文学理论方面的体现。本文倡"诗与人为一"说，提出一个崭新的论诗标准——"完"。作者认为，像李白、杜甫、韩愈、李贺、李商隐、吴梅村等著名诗人，"皆诗与人为一，人外无诗，诗外无人，其面目也完"。什么叫"完"？他在《病梅馆记》中做了形象的说明。他说苏、浙之人植梅，往往喜欢斫直、删密、锄正，以欹、疏、曲为美。实际上，这些经过人力加工的梅花，"皆病者，无一完者"。他"誓疗之""必复之全之"，而治疗的方法则是"纵之、顺之，毁其盆，悉埋于地，解其棕缚"。由此可见，龚自珍所谓"完"，实际上就是保全梅花的天然生机，让它顺着自己的本性自由生长。而他要求诗的"完"，则是要求摆脱束缚，充分表现诗人的个性。所以他在《书汤海秋诗集后》中说："何以谓之完也？海秋心迹尽在是，所欲言者在是，所不欲言而卒不能不言在是，所不欲言而竟不言，于所不言求其言亦在是。要不肯挦扯他人之言以为己言，任举一篇，无论识与不识，曰：此汤益阳之诗。"在这里，龚自珍已经非常明确地指出，诗歌应该鲜明地烙下作者自己性格的标记，做到诗如其人。作者在《识某大令集尾》中说："文章虽小道，达可矣，立其诚可矣。""完"也就是"达"，是要求作家把自己在封建压抑下"所欲言"的东西和"所不欲言而卒不能不言"的东西统统表现出来，并且让读者能够"于所不言求其言"，只有这样才能说得上是"完"。而要做到"达"与"完"，就必须"立其诚"，专心抒发真情实感，"要不肯挦扯他人之言以为己言"。

龚自珍强调诗歌应当完整地表现个性，在当时是一种相当进步的理论。程朱

理学的长期统治，使得封建社会的泯灭个性造成了"万马齐喑"的局面，桐城派又竭力提倡正统观念，维护程朱理学的统治地位。龚自珍如此强调个性，正是萌芽的民主主义思想在文艺理论上的表现。

2.《戒浮文巧言谕》

本文是太平天国的一篇布告，由洪仁玕、蒙时雍、李春发三人在1861年联衔发布。它是中国农民阶级所提出的第一篇完整的文论，是中国农民起义发展到一定阶段的产物。

3. 冯桂芬《复庄卫生书》

本文对桐城派的义法论进行了一次集中的批判，提出了针锋相对而又相当解放的主张。冯桂芬认为桐城义法便是束缚散文发展的"例"，他坚决反对"周规折矩，尺步绳趋"，这种理论的进步意义是很明显的。

师探小测

1.（选择题）龚自珍在《书汤海秋诗集后》一文中提出了一个崭新的论诗标准——（　　）。

A. "童心"　　　B. "完"　　　C. "变"　　　D. "逆"

2.（填空题）中国农民阶级所提出的第一篇完整的文论是（　　　　）。

3.（选择题）冯桂芬的《复庄卫生书》一文是对（　　）的文学主张所进行的一次集中的批判。

A. 格调派　　　B. 常州词派　　　C. 神韵派　　　D. 桐城派

考点三十七　刘毓崧、黄遵宪、裘廷梁

1. 刘毓崧《古谣谚序》中体现的民间文学思想

《古谣谚》为现存搜集古代谣谚最为完备的书。刘毓崧的《古谣谚序》，阐明编者之用心，表现了他对民间谣谚的看法，认为谣谚"与风雅表里相符"。他之所以有这样的看法，是从两个方面着眼的。

首先，他注意到的是谣谚反映现实的精神及其社会作用。文中强调"诗言志"的意义，认为诗歌和谣谚同样是现实生活中人们思想情感的表现。所不同者，仅仅是"风雅之述志，着于文字；而谣谚之述志，发于语言"。如果"语言在文字之先"，那么谣谚比起诗歌来，是更为原始、更为直接的材料了。他指出"谣谚之兴，由于舆诵"，与政治的关系最为密切，所以说："欲探风雅之奥者，不妨先问谣谚之涂。"文中明确指出：编者采集谣谚的目的，在于"酌民言而同其好恶"，

和陈诗观风有着同等重要的意义。这些意见，都是正确的。但对于谣谚的实质和它的战斗性，则认识不够，说它一方面"达下情"，另一方面可以"宣上德"，则是本之儒家"上以风化下，下以风刺上"的传统诗论。

其次，在语言艺术方面，谣谚是民间流传的口头文学，它的特点，往往在粗糙简朴之中具有一种深刻的表现力；它的音调和语气，一本自然，能够体现出强烈的情感、坚定的意志，不像文人诗歌，以遣词造语为工。此文谓"言为心声，而谣谚皆天籁自鸣，直抒己志，如风行水上，自然成文"。他从文字和声音的关系去说明民间口头文学的艺术，认为"言语文学之科，实有相因而相济者"，这个论点也很精辟。

2. 黄遵宪《人境庐诗草自序》

（1）"诗界革命"。清末资产阶级改良派的文学理论与他们的政治改革主张相适应，在诗歌领域内掀起了"诗界革命"，实际上是改良运动。这一运动的中坚人物是谭嗣同、夏曾佑、梁启超诸人。运动的发动在戊戌变法前两年，他们提出"以旧风格含新境界"的主张，但在创作实践上大多以"堆积满纸新名词为革命"，不彻底性决定了"诗界革命"不可能取得多大的成功。

（2）黄遵宪是晚清资产阶级改良派在文艺战线上的一面旗帜。在"诗界革命"的队伍中，有卓越成就的，首推黄遵宪。他不仅在创作方面高出同时期新派诗的作者，就是诗歌改革主张的提出，也是远远早于谭嗣同、夏曾佑诸人。

（3）《人境庐诗草自序》中表达的诗歌改革主张的主要内容

《人境庐诗草自序》是黄遵宪诗歌改革理论的具体阐述。

在这篇自序里，作者总结了我国古典诗歌遗产方面可以继承的写作经验，系统地提出了"后贤兼旧制"而又"历代各清规"的理论纲领。开宗明义，他明确地指出："诗之外有事，诗之中有人。今之世异于古，今之人亦何必与古人同。"诗歌要反映时代现实，要表现作者的精神面貌。在作者所处的时代，西方资本主义早已打开了中国封建主义的大门，社会在向半封建半殖民地转化，跟鸦片战争以前有了显著的不同。诗歌也应该反映那样新的现实而不同于汉、魏、六朝、唐、宋、明、清作家的作品。正如作者在晚年在给梁启超的信中所说："意欲扫去词章家一切陈陈相因之语，用今人所见之理，所用之器，所遭之时势，一寓之于诗。务使诗中有人，诗外有事，不能施之于他日，移之于他人。"这是作者诗论的核心。

全新的内容，通过怎样的新形式来表达？作者在这里揭示了如下四项写作的原则。

一是复古人比兴之体和取《离骚》乐府之神理而不袭其貌。比兴是《三百篇》《楚辞》、汉乐府、古诗以来常用的方法，也是为刘勰、钟嵘、陈子昂、白居易所不断发展的诗歌理论的重点。作者所强调的是取其神理而不袭其貌。这在他晚年给梁启超的信中有具体阐说:"报中有韵之文,自不可少,然吾以为不必仿白香山之《新乐府》、尤西堂之《明史乐府》,当斟酌于弹词粤讴之间,句或三或九或七或五或长或短,或状如'陇上陈安',或丽如'河中莫愁',或浓如《焦仲卿妻》,或古如《成相篇》,或俳如俳伎词,易乐府之名而曰杂歌谣,弃史籍而采近事。"这就体现了创新的精神。

二是以单行之神运排偶之情和用古文家伸缩离合之法以入诗。这是以文为诗的办法,从唐代韩愈开始,到宋代欧阳修、王安石、苏轼,都在朝着这个方向走。在作者所处的时代,现实生活的内容比过去要丰富复杂得多,以文为诗的方法,可以扩大诗歌表达的功能,有利于充分反映新的内容。

三是取材于经史古籍的词汇,借以表现新事物,用官书会典方言俗谚以述事。这样做,化臭腐为神奇,丰富了诗歌语言。特别是用方言俗谚入诗,是与作者同时期的旧派诗人所不愿尝试的。

四是炼格的问题。自曹、鲍以下到晚近小家,都要借鉴,吸取其精华;但主要还在于艺术上力求摆脱旧传统的桎梏,创造自己独特的面貌。这又是作者与同时代那些学宋的同光体、学八代的湖湘派等复古主义者分歧之点。

通过这些,总的是要做到写自己"耳目所历"的"古人未有之物,未辟之境"。基于作者在理论上这样正确的认识,他的创作也就注入了新的血液,形成了新的风格。

作者对诗歌的作用问题也有正确的理解。他曾经肯定诗歌在人类社会中的现实价值和教育意义。他在晚年给梁启超的信中说:"吾论诗以言志为体,以感人为用。孔子所谓'兴于诗',伯牙所谓移情,即吸力之说也。"在给丘炜萱的信中说:"诗虽小道,然欧洲诗人出其鼓吹文明之笔,竟有左右世界之力。"这些说法,补充了自序所未及。作者虽然继承了孔子以来的诗论传统,但在新的时代激荡下,这一理论被提到了更高的层次。

3. 裘廷梁《论白话为维新之本》

(1)维新,指中国19世纪末叶出现的资产阶级改良派的维新运动。这种思潮在当时具有进步意义和爱国主义性质,其特点是主张通过自上而下的改良主义的道路,改革旧法,施行新政,在保留君主专制的政体下,使中国走向资本主义,以挽救当时日益严重的民族危机,缓和日益尖锐的阶级矛盾。

(2)19世纪末叶,资产阶级改良派在进行政治改良运动的同时,也在文化领域掀起了一场白话文运动,1897年发表于《苏报》的裘廷梁的《论白话为维新之本》是这方面的著名论文,鲜明地提出了"崇白话而废文言"的口号。

师探小测

1. （简答题）简述刘毓崧《古谣谚序》中对民间文学的看法。
2. （选择题）在晚清掀起的所谓"诗界革命"中成就最高的是（　　）。
   A. 龚自珍　　　B. 梁启超　　　C. 夏曾佑　　　D. 黄遵宪

考点三十八　梁启超、章炳麟

1. 梁启超对小说地位及其与政治关系的理论分析

梁启超的《论小说与群治之关系》，是清末资产阶级改良主义者关于小说理论方面具有纲领性的文章。

文中有意识地把小说与当时的政治运动密切联系起来，并要求小说为改良主义政治服务。这是贯穿全文的中心思想。基于这种认识，梁启超提出了革新小说的主张，鲜明地表现了他的政治观点。

他猛烈抨击我国古代小说的内容，认为其陷溺人心，败坏国民道德，在于升官发财的状元宰相思想，迷信落后的妖巫狐鬼思想，以及淫靡无聊的佳人才子思想等。关于产生这种思想的社会根源及"中国群治腐败的总根源"，梁启超认为都是受了小说的影响，这种本末倒置的看法，当然是错误的。但是其中强烈地表现出要求革新小说的精神，企图把小说的内容从封建传统思想的束缚中解脱出来，有其进步意义。从另一个方面来看，当时清朝腐朽的统治摇摇欲坠，革命的浪潮已经汹涌澎湃地掀起，各地的会党和零星的起义人民已汇合成为这个时代的巨流，文中恶毒地诅咒："今我国民，绿林豪杰，遍地皆是，日日有桃园之拜，处处为梁山之盟。"把"充塞于下等社会中"的"江湖盗贼"思想看作毒蛇猛兽，深恶痛绝。这正反映了改良主义者对待革命的态度，暴露了他们的阶级本质。

由于强调小说和政治的关系，梁启超把小说的地位大大提高，认为"小说为文学之最上乘"。文中把小说这一文学体制的特征，它对读者的感染作用，归纳为"熏""浸""刺""提"四点，颇能道出小说艺术的一些特点。又把小说分为理想和写实两派，指出小说"常导人游于他境界"，抒情状物，能够"和盘托出，彻底而发露之"，初步接触到创作方法的问题。这些都把我国小说理论的发展向前推进了一步。

2. 章炳麟《国故论衡·文学总略》中对"文学"一词的阐述

首先，本篇开宗明义，指出文学是文字著于竹帛的法式。远在古初，凡百典章礼制，都称"文章"，所谓"博学于文"就是。自是以降，乃及竹帛所书，"命其形质曰文"，"指其起止曰章"。泛彩华藻的固然是文，朴素简拙的亦不得不谓之文。"凡艺者必皆成文,凡成文者不皆艺",所以文学"以文字为准,不以彣彰为准"。这首先就驳斥了阮元《文言说》以采饰为文、曲解《易·文言》的论点。

其次,西欧文学理论严格划分学术与文学的界限,"学说以启人思,文辞以增人感",章氏对此也提出了不同的意见。篇中追溯到文的最初义界,包括无句读文与有句读文;就有句读文而言,又有散文、韵文之别。同属散文,史传文记名物制度的不能感人,叙兴亡成败的就能感人;诸子辨析名理的不能感人,辞有枝叶的纵横家言就能感人。同属韵文,《风》《雅》主于抒情,可以感人;而《荀子·成相》主于说教,就不能感人。同属抒情为主的韵文,由于读者与作者的处境不同,感受有异,作者的情感未必都能引起读者的共鸣。同属启人智慧的学说文章,虽不能感人,但是明其理"则悦怿随之",也不可胶执地看问题。因此,学说与文辞,尽管各有所主,而文术的变化无穷,不能以感人与否作为义界的标准。

最后,推溯到文学的本原,仍然归结于以有文字著于竹帛故谓之文的论点。由言语而文字,由文字而仪象,各有所用,随着人类文化的进步而渐次发达。文字本以代言,故论文学"不得以兴会神旨为主"。魏、晋以来的集部,只是纂集经、史、子以外的作品,并不是集部为文而其他非文。何况别集如《诸葛氏集》,总集如《文选》,即已阑入经史或子家旨,而阮元辈仅据《文选序》以立论,就难免自陷于抵牾了。

师探小测

1. (选择题)梁启超认为"小说为文学之最上乘",它对读者的感染作用为( )。
A. "感""浸""刺""教"　　　B. "熏""提""感""刺"
C. "熏""浸""刺""提"　　　D. "熏""浸""讽""提"

2. (填空题)章炳麟在《国故论衡·文学总略》中认为文学是( )的法式。

考点三十九　王国维、柳亚子

1. 王国维《人间词话》

(1)"有我之境(无我之境)"

出自王国维《人间词话》:"有有我之境,有无我之境。……有我之境,以我观物,故物皆着我之色彩;无我之境,以物观物,故不知何者为我,何者为物。"这是王国维论词提出的"境界","有我之境"指移情于物,意溢于境的壮美境界;

"无我之境"指意境交融、物我一体的优美境界。

（2）王国维《人间词话》的理论体系

《人间词话》虽篇幅不多，但以我国传统的古典文论融会西洋资产阶级哲学美学理论，建立了独特的艺术论。

其一，他论词首标境界，论隔与不隔，论有我之境与无我之境，这接触到艺术的特点——形象问题；他所说的境界是"写真景物、真感情"，就是"其言情也必沁人心脾，其写景也必豁人耳目"。也就是要情景交融、鲜明生动，具有强烈的感染力，能如此则是不隔，否则就是隔；论有我之境与无我之境、景语与情语，接触到主观和客观、心和物及形象分析问题。

其二，论写境和造境，即写实家和理想家之别，接触到现实主义和浪漫主义的创作方法问题；而造境必合乎自然，写境也必邻于理想，故两派又颇难分别，初步认识到写实、理想两派的紧密联系。又说诗人对宇宙人生须入乎其内、出乎其外，"入乎其内，故能写之；出乎其外，故能观之"，已注意到阅世与观物的结合。这些论点都给当时读者以相当大的启发。当然，有些议论也是不正确的。如论抒情文学作者阅世深浅的问题，他强调主观精神的独立活动，这不符合实际，并且陷入唯心主义。

2. 柳亚子

柳亚子的《二十世纪大舞台发刊词》是一篇反映当时资产阶级民主革命派对于戏曲的看法和要求的代表性文章。

师探小测

1.（填空题）王国维《人间词话》中说："有我之境，（　　　　），故物皆着我之色彩。"

2.（名词解释）境界

考点四十　鲁迅《摩罗诗力说》

1. 《摩罗诗力说》最初分两次发表于1908年2月、3月《河南》月刊第二、第三号，署名令飞，是反映鲁迅早期文艺思想的一篇重要论文。

2. 《摩罗诗力说》体现的鲁迅的文学观

《摩罗诗力说》反映鲁迅早期文艺思想：

鲁迅在当时已明确认识文学是现实的反映。在《拟播布美术意见书》中，他一方面说明艺术并不是什么神秘的东西，而是现实的再现；另一方面他又说明，艺术在再现现实的时候，并不是简单地抄袭或机械地模仿，而"当加改造"，只有经过作者的分析、加工、提炼，才能"美化"，成为具有典型意义的艺术作品。基于这种对艺术的现实主义观点，鲁迅特别强调文艺的社会功能，指出反映人生的"事实法则"、显示"人生的诚理"的文学，具有"为教示"的教育意义和"益人生"的社会作用，可以激励人们"自觉勇猛发扬精进"，去改造人生社会的"缺陷"，使人生社会"就于圆满"。

<u>青年鲁迅，作为一名战斗的民主主义者和爱国主义者，在当时民族危机日益加深的形势下，为了使文学成为改造人生社会、拯救祖国命运的政治斗争的武器，极力提倡反抗的、积极浪漫主义文学潮流，即所谓"摩罗诗派"</u>。他指出，摩罗诗派"立意在反抗，指归在动作"，"大都不为顺世和乐之音，动吭一呼，闻者兴起，争天拒俗，而精神复深感后世人心，绵延至于无已"。这就是说，这种积极浪漫主义的诗歌是紧密结合现实的，引导人们去反抗和战斗。推动社会发展的诗歌，是人间"最雄桀伟美"的声音。

鲁迅当时考虑的中心问题是怎样才能使被压迫的人民起来反抗压迫者，怎样才能使中国走上革新和进步的道路。他以饱满的热情赞美摩罗派诗人，正是在于这派诗人的共同特点是"发为雄声，以起其国人之新生，而大其国于天下"。在摩罗派诗人中鲁迅最推崇拜伦。从鲁迅对拜伦的评价，可以看出他是要求诗人把"世之毁誉褒贬是非善恶""悉措而不理"，去为"独立自由人道"而进行不倦的战斗，与虚伪的社会做不调和的斗争，并要求诗人把这种反抗精神贯彻到诗歌中去，在作品中说出"真理"。

<u>鲁迅进一步指出，文学所宣扬的反抗、斗争、个性解放等内容，并非仅仅是作家个人思想感情的表现，而且是民众心底的要求在作品中的反映；作家只是也必须是民众要求的代言者</u>。与一般资产阶级革命者不同，鲁迅没有把民众看作愚蠢的和永远不会觉醒的群氓。同时，这里也反映了鲁迅对文学和民众关系的看法。在鲁迅看来，文学不是也不应该是脱离民众的东西；正是由于文学是民众所"心即会解"的，所以它才有振奋人心和改造社会的鼓舞力量。

<u>鲁迅在介绍摩罗诗人的同时，深刻批判了封建文学和封建文学思想</u>："如中国之诗，舜云言志；而后贤立说，乃云持人性情，三百之旨，无邪所蔽。夫既言志矣，何持之云？强以无邪，即非人志。许自繇于鞭策羁縻之下，殆此事乎？"他还进一步指出，封建文学思想并不只是纯粹的文学观点，而正是"中国之治，理想在不撄"的政治思想在文学上的反映；封建的文学思想就是为了取消诗歌的战斗内容，使之成为"可有可无"的东西，以便维护封建统治，使统治者"子孙王千万世"。这种把对封建文学思想的批判和对封建政治思想的批判结合在一起的做法，在当时来说是十分可贵的，表现出鲁迅早期文学思想强烈的战斗精神。

师探小测

1. （选择题）鲁迅《摩罗诗力说》题中所谓"摩罗"是指（　　）。
   A. 现代主义　　　B. 现实主义　　　C. 浪漫主义　　　D. 人文主义
2. （填空题）鲁迅署名"令飞"发表了（　　　　　），该文反映了鲁迅早期的文艺思想。

师探小测·参考答案

考点三十六　龚自珍、《戒浮文巧言谕》、冯桂芬

1. B　2.《戒浮文巧言谕》　3. D

考点三十七　刘毓崧、黄遵宪、裘廷梁

1.《古谣谚》为现存搜集古代谣谚最为完备的书。刘毓崧的这篇序言，阐明编者之用心，表现了他对民间谣谚的看法，认为谣谚"与风雅表里相符"。他之所以有这样的看法，是从两个方面着眼的：首先，他注意到的是谣谚反映现实的精神及其社会作用。其次，在语言艺术方面，谣谚是民间流传的口头文学，它的特点，往往在粗糙简朴之中具有一种深刻的表现力；它的音调和语气，一本自然，能够体现出强烈的情感，坚定的意志。不像文人诗歌，以遣词造语为工。

2. D

考点三十八　梁启超、章炳麟

1. C　2. 文字著于竹帛

考点三十九　王国维、柳亚子

1. 以我观物
2. 王国维论词首标"境界"，《人间词话》中说："有有我之境，有无我之境。……有我之境，以我观物，故物皆着我之色彩；无我之境，以物观物，故不知何者为我，何者为物。"这接触到艺术的特点——形象问题，王国维所说的境界是"写真景物、真感情"，是"其言情也必沁人心脾，其写景也必豁人耳目"，也就是要情景交融、鲜明生动，具有强烈的感染力。

考点四十　鲁迅《摩罗诗力说》

1. C　2.《摩罗诗力说》

二、全真巩固自测卷

"中国古代文论选读"全真巩固自测卷(一)

一、单项选择题(每小题1分,共18分)

1. "有德者必有言,有言者不必有德"这句话是(　　)提出的。
   A. 庄子　　　　B. 孟子　　　　C. 荀子　　　　D. 孔子

2. 诗六义中"兴"指的是(　　)。
   A. 以彼物比此物　　　　　　B. 直书其事
   C. 体物写志　　　　　　　　D. 先言他物以引其所咏之辞

3. 《文心雕龙·神思》"思理为妙,神与物游"中"神"的含义是(　　)。
   A. 文章的内容　B. 文章的语言　C. 作者的沉思　D. 作者的想象

4. 陆机《文赋》中"精骛八极,心游万仞"是在说(　　)。
   A. 文章对景物的描摹　　　　B. 文章的毛病
   C. 文章的艺术想象　　　　　D. 文章的感情气势

5. 所谓"韵外之致""味外之旨"的说法出自(　　)。
   A. 皎然《诗式》　　　　　　B. 刘勰《文心雕龙》
   C. 司空图《与李生论诗书》　D. 钟嵘《诗品》

6. 苏洵在《仲兄字文甫说》中以水及风为喻,说明的是(　　)。
   A. 文学创作上天人凑泊的问题　B. 文学创作中艺术构思的问题
   C. 文书创作与环境的关系　　　D. 文学创作与作家个性的问题

7. 明确提出"别裁伪体亲风雅,转益多师是汝师"的是(　　)。
   A. 陈子昂　　　B. 李白　　　　C. 杜甫　　　　D. 韩愈

8. 白居易《与元九书》有"以康乐之奥博,多溺于山水"一句,其中"康乐"指的是(　　)。
   A. 陆机　　　　B. 陆云　　　　C. 谢灵运　　　D. 谢朓

9. "言真不如言幻,言佛不如言魔"语出(　　)。
   A. 李渔《闲情偶寄》　　　　B. 李贽《忠义水浒传序》
   C. 钟嗣成《录鬼簿序》　　　D. 袁于令《西游记题词》

10. 李清照《论词》中"至晏元献、欧阳永叔、苏子瞻,学际天人,作为小歌词,直如酌蠡水于大海,然皆句读不葺之诗尔,又往往不协音律者"一句是在批评(　　)。
    A. 以学问为词　　　　　　　B. 以诗为词
    C. 以文为词　　　　　　　　D. 以议论为词

11. 《录鬼簿》的作者是（　　）。
    A. 陶宗仪　　　　B. 钟嗣成　　　　C. 贾仲明　　　　D. 朱权
12. 张炎评词的标准主要包括（　　）。
    A. 意趣高远、雅正、古朴　　　　B. 意趣高远、协乐、清空
    C. 意趣高远、雅正、清空　　　　D. 雅正、协乐、古朴
13. 元好问《论诗三十首》"东野穷愁死不休，高天厚地一诗囚"中"东野"指的是（　　）。
    A. 贾岛　　　　B. 李商隐　　　　C. 孟郊　　　　D. 韩愈
14. 明代文学复古思潮的倡导者有（　　）。
    A. 李东阳、何景明　　　　B. 李梦阳、何景明
    C. 王世贞、袁宏道　　　　D. 李攀龙、李贽
15. 鲁迅《摩罗诗力说》题中所谓"摩罗"是指（　　）。
    A. 现代主义　　B. 现实主义　　C. 浪漫主义　　D. 人文主义
16. 周济《宋四家词选目录序论》中"夫词，非寄托不入，专寄托不出"一句的意思是（　　）。
    A. 词的创作不能有所寄托
    B. 词的创作既要有寄托，又不能单凭寄托
    C. 词的创作可深可浅
    D. 只有词这种文体才能有所寄托
17. 在李渔的戏曲理论体系中处于首要地位的是（　　）。
    A. 音律　　　　B. 宾白　　　　C. 结构　　　　D. 格局
18. 在清末掀起的所谓"诗界革命"中成就最高的是（　　）。
    A. 龚自珍　　　B. 梁启超　　　C. 夏曾佑　　　D. 黄遵宪

二、填空题（每空1分，共10分）

19. 《毛诗序》说："情发于声，声成文谓之音。"其中的"文"指（　　　　）。
20. 杜甫《戏为六绝句》中有诗句"尔曹声与名俱灭，（　　　　　　）"。
21. 皎然在《诗式》中提出了（　　　　）问题，开启了后代王国维的境界说。
22. 梅尧臣在《读邵不疑学士诗卷》里说："作诗无古今，（　　　　　　）。"表现了对艺术境界的独特理解。
23. 陆游《读近人诗》云："琢雕自是文章病，（　　　　　　）。"
24. 张炎《词源》形容（　　　　）创作的词"如七宝楼台，眩人眼目，碎拆下来，不成片段"。
25. 冯梦龙说《挂枝儿》等能"借男女之真情，发（　　　　）之伪药"。
26. 袁枚的文学理论批评著作是《　　　　》。

27. 李贽认为，有一部书"有国者不可以不读""贤宰相不可以不读"，这部书是《　　　》。

28. 鲁迅署名"令飞"发表了《　　　　》，该文反映了鲁迅早期的文艺思想。

三、名词解释（每小题 3 分，共 12 分）

29. 歌永言

30. "妙悟说"

31. "工夫在诗外"

32. 有我之境

四、简答题（每小题 6 分，共 30 分）

33. "诗可以兴，可以观，可以群，可以怨"（《孔子·阳货》）。分析其中"兴"与"观"的含义。

34. 简析《论衡》品评作者的标准。

35. 简述陈子昂诗文革新理论的具体内容。

36. 简述刘毓崧《古谣谚序》中对民间文学的看法。

37. 简析叶燮《原诗》中作诗之本。

五、论述题（每小题 10 分，共 30 分）

38. 论述元好问《论诗三十首》的主要观点。

39. 试析欧阳修关于文与道的关系的论述。

40. 试析李渔戏曲理论的主要贡献。

"中国古代文论选读"全真巩固自测卷（二）

一、单项选择题（每小题1分，共18分）

1. "诗可以怨"的意思是（　　）。
   A. 诗可以使人读了以后产生怨恨之心
   B. 诗具有指斥时政的批评作用
   C. 诗可以表达诗人的怨恨心情
   D. 诗可以把怨作为主要特征

2. 主张"思无邪"的文学批评标准的是（　　）。
   A. 儒家　　　B. 墨家　　　C. 道家　　　D. 法家

3. 在汉代对于屈原文学思想的理解存在一定的争议，王逸《楚辞章句序》所反驳的观点的代表人物是（　　）。
   A. 班固　　　B. 司马迁　　C. 刘安　　　D. 王充

4. 陆机的《文赋》论文章体式，一共涉及（　　）种文体。
   A. 4　　　　B. 6　　　　C. 8　　　　D. 10

5. "气之动物，物之感人，故摇荡性情，形诸舞咏"一句的意思是（　　）。
   A. 文以气为主
   B. 诗歌具有感动人的力量
   C. 诗歌要表现人的性情
   D. 受到客观事物的激发而产生创作的动机

6. "盖文章，经国之大业，不朽之盛事"出自（　　）。
   A.《典论·论文》　　　　　B.《诗品》
   C.《诗式》　　　　　　　D.《文赋》

7. 《与李生论诗书》的作者是（　　）。
   A. 皎然　　　B. 钟嵘　　　C. 司空图　　D. 王昌龄

8. 苏轼《书黄子思诗集后》曾引"梅止于酸，盐止于咸，饮食不可无盐梅，而其美常在咸酸之外"，此句原出（　　）。
   A. 白居易《与元九书》　　　B. 韩愈《答李翊书》
   C. 柳宗元《答韦中立论师道书》D. 司空图《与李生论诗书》

9. 《岁寒堂诗话》的作者是（　　）。
   A. 张戒　　　　　　　　　B. 王安石
   C. 严羽　　　　　　　　　D. 欧阳修

10. 陆游所谓"工夫在诗外"的具体含义是（　　）。
   A. 提高作家的个人修养　　　　B. 重视作家现实生活的体验
   C. 追求诗歌的艺术形式　　　　D. 写诗要在平时多下工夫
11. 《沧浪诗话》中"以汉、魏、晋、盛唐为诗，不作开元、天宝以下人物"开启了（　　）。
   A. 明代唐宋派的古文理论　　　B. 明代前、后七子的复古思潮
   C. 清代王士禛的"神韵说"　　　D. 清代沈德潜的"格调说"
12. 元好问《论诗三十首》有"老阮不狂谁会得，出门一笑大江横"，其中"老阮"指（　　）。
   A. 阮籍　　　B. 阮瑀　　　C. 阮大铖　　　D. 阮元
13. 刘大櫆谈到文章的思想内容时以（　　）三者为"行文之实"。
   A. 义理、书卷、经济　　　　B. 义理、书卷、词章
   C. 义理、考据、词章　　　　D. 义理、考据、经济
14. 张炎认为体现"清空"的典范作家是（　　）。
   A. 周邦彦　　　B. 欧阳修　　　C. 吴文英　　　D. 姜夔
15. 下列作家中，属于周济《宋四家词选》中"四家"之一的是（　　）。
   A. 柳永　　　B. 苏轼　　　C. 周邦彦　　　D. 姜夔
16. 《雪涛阁集序》中"文之不能不古而今也，时使之也"一句针对的是（　　）。
   A. 台阁体　　　B. 复古派　　　C. 唐宋派　　　D. 竟陵派
17. 明代冯梦龙收集当时流行的民歌，编选的民歌集是（　　）。
   A. 《锁南山》《山歌》　　　B. 《挂枝儿》《山歌》
   C. 《挂枝儿》《驻云飞》　　D. 《锁南枝》《驻云飞》
18. 李渔戏剧理论中与词采有关的观点是（　　）。
   A. 密针线　　　B. 戒浮泛　　　C. 脱窠臼　　　D. 审虚实

二、填空题（每空1分，共10分）

19. 进步的历史观点和批判现实的文学精神相结合，使得《史记》成为"无韵之《　　》"。
20. 王充《论衡》中的《　　》一篇开文学批评中"作家论"的先河。
21. 苏轼《书黄子思诗集后》中"（　　），寄至味于澹泊"一语，把两种对立的艺术风格看成相互渗透、相反相成的关系。
22. 《与元九书》是白居易诗论的纲领，其中"元九"指的是（　　）。
23. 宋代古文的复兴，到古文家（　　）才真正显示出创作成绩。
24. 严羽论诗以为"诗有别材，非关书也；（　　），非关理也"。
25. 陆游诗早年从（　　）派入手，曾拜曾几为师。

26. 《原诗》是一部体系完整的诗学著作，它的作者是（　　　）。
27. （　　　）是影响了清代诗坛近百年的"神韵说"的倡导者。
28. "有造境，有写境，此理想与写实二派之所由分"语出《　　　》。

三、名词解释（每小题 3 分，共 12 分）

29. 文质彬彬

30. 建安风骨

31. "滋味说"

32. "诗界革命"

四、简答题（每小题 6 分，共 30 分）

33. 简述《论语》中关于文与道关系的有关论述。

34. 简述《墨子》中关于"尚用"与"尚质"的有关思想。

35. 简述皎然有关诗歌创新的论述。

36. 简述何景明《与李空同论诗书》所提出的复古主张的内涵。

37. 简析王骥德《曲律》中有关戏剧宾白作法的要求。

五、论述题（每小题10分，共30分）

38. 试述《文心雕龙·时序》体现的文学史观。

39. 试析王夫之关于诗歌情景交融艺术境界的认识。

40. 试述《红楼梦》第一回所体现的曹雪芹的文学思想。

"中国古代文论选读"全真巩固自测卷（三）

一、单项选择题（每小题1分，共18分）

1. 曹丕认为"文人相轻"的原因是（　　）。
   A. 文人的嫉妒心理
   B. 文人受到政治的摆布
   C. 文人根据自己的长处攻评他人的短处
   D. 文人之间不团结

2. 汉代批评屈原"露才扬己，竞乎危国群小之间"的是（　　）。
   A. 班固　　　B. 司马迁　　　C. 王充　　　D. 刘安

3. 钟嵘在《诗品》中提出（　　）。
   A. "文气说"　　B. "滋味说"　　C. "性灵说"　　D. "格调说"

4. "文章合为时而著，歌诗合为事而作"语出（　　）。
   A. 白居易《与元九书》　　　　B. 韩愈《答李翊书》
   C. 柳宗元《答韦中立论师道书》　　D. 李商隐《上崔华州书》

5. "魏武以相王之尊，雅爱诗章；文帝以副君之重，妙善辞赋"中的"魏武"是指（　　）。
   A. 曹植　　　B. 武安侯　　　C. 曹操　　　D. 司马懿

6. 《录鬼簿》中"前辈已死名公，有乐府行于世者"把（　　）列在首位。
   A. 白朴　　　B. 关汉卿　　　C. 董解元　　　D. 马致远

7. 李清照《论词》中"王介甫、曾子固，文章似西汉，若作一小歌词，则人必绝倒，不可读也"一句在批评（　　）。
   A. 以学问为词　　　　B. 以诗为词
   C. 以文为词　　　　　D. 以议论为词

8. 杜甫《戏为六绝句》中"尔曹身与名俱灭，不废江河万古流"一句评论的人是（　　）。
   A. 李白　　　　　B. 初唐四杰
   C. 庾信　　　　　D. 曹植

9. 王国维的境界说可以一直追溯到皎然在《诗式》中所提出的（　　）。
   A. 滋味　　　B. 取境　　　C. 神韵　　　D. 妙悟

10. 张戒《岁寒堂诗话》论诗大旨之所在，都是不满于（　　）。
    A. 苏、黄　　B. 韩、柳　　C. 李、杜　　D. 晏、欧

11. 李渔重视戏剧的结构,提出"立主脑",他认为《西厢记》的主脑是( )。
   A. 闹简   B. 白马解围   C. 赖婚   D. 长亭送别
12. 陆游《示子遹》有"元白才倚门,温李真自郐",其中"自郐"的典故出自( )。
   A. 《左传》   B. 《史记》   C. 《汉书》   D. 《三国志》
13. 元好问《论诗三十首》中"高情千古《闲居赋》,争信安仁拜路尘"一句中"安仁"指的是( )。
   A. 潘岳   B. 左思   C. 张衡   D. 曹植
14. 苏轼《书黄子思诗集后》一文的切入角度是( )。
   A. 以画喻诗   B. 以书法喻诗   C. 以文论诗   D. 以词论诗
15. 王骥德在《曲律》一书中认为( )。
   A. 曲家需多读书,博闻广见
   B. 曲家创作以曲辞为主,不必计较宾白
   C. 《琵琶记》与《拜月亭》同为封建教化的好教材
   D. 以汤显祖为代表的临川派才是戏曲创作的主流
16. 袁于令在《西游记题词》里阐明了( )。
   A. 真与假的关系   B. 幻与真的关系   C. 文与质的关系   D. 体与用的关系
17. "夫词,非寄托不入,专寄托不出"语出( )。
   A. 张惠言《词选序》   B. 李清照《论词》
   C. 张炎《词源》   D. 周济《宋四家词选目录序论》
18. 现存收集古代谣谚最为完备的书为( )。
   A. 《古谣谚》   B. 《山歌》   C. 《挂枝儿》   D. 《古诗源》

二、填空题(每空1分,共10分)

19. 孔子认为《诗经·关雎》一篇"( ),哀而不伤"。
20. 司马迁写作《史记》的动机是"究天人之际,通古今之变,( )"。
21. 我国最早的一部"诗话"是《   》。
22. 《答李翊书》是( )写给他门人李翊的一封书信。
23. 苏轼《书黄子思诗集后》:"苏、李之天成,曹、刘之自得,陶、谢之超然,盖亦至矣。"其中的陶、谢分别指( )。
24. 《录鬼簿》的作者是( )。
25. 刘大櫆谈到文章的思想内容时以义理、书卷和( )三者为"行文之实"。
26. 《红楼梦》第一回云:"满纸荒唐言,一把辛酸泪。都云作者痴,( )。"

27. 清末资产阶级改良派在诗歌领域掀起了一个"（　　　）"运动，其中成绩卓越者当数黄遵宪。

28. 《花部农谭》的作者是（　　　）。

三、名词解释（每小题 3 分，共 12 分）

29. 诗言志

30. 文以明道

31. 《词源》

32. 审虚实

四、简答题（每小题 6 分，共 30 分）

33. 《毛诗序》对诗歌的论述贯穿着怎样的中心思想？

34. 简述陆机《文赋》中"朝华""夕秀"的内涵。

35. 简析王安石《上人书》中关于文与辞关系的论述。

36. 李清照《词论》一文对词的见解和要求包括哪些方面的内容?

37. 简述龚自珍《书汤海秋诗集后》一文中论诗标准——"完"。

五、论述题（每小题 10 分，共 30 分）

38. 试述陆机对文学创作构思过程的系统论述。

39. 试述《文心雕龙·神思》的主要文学思想和主张。

40. 试述鲁迅《摩罗诗力说》所反映的文学观。

"中国古代文论选读"全真巩固自测卷（四）

一、单项选择题（每小题1分，共18分）

1. 孔子"乐而不淫，哀而不伤"，评价的是（　　）。
   A.《关雎》　　　　　　　　B.《韶》乐
   C.《武》乐　　　　　　　　D.《周南》

2. "班固《咏史》，质木无文"出自（　　）。
   A.《论衡》　　　　　　　　B.《典论·论文》
   C.《文心雕龙·时序》　　　D.《诗品序》

3. 王充《论衡·超奇》篇的内容主要是（　　）。
   A. 对作品的品评　　　　　　B. 对作家的品评
   C. 对文学史的梳理　　　　　D. 对古代文论的总结

4.《诗品序》"降及建安，曹公父子，笃好斯文；平原兄弟，郁为文栋"中"平原兄弟"指的是（　　）。
   A. 曹植、曹丕　　　　　　　B. 陆机、陆云
   C. 阮璃、阮籍　　　　　　　D. 潘岳、潘安

5.《神思》在《文心雕龙》中被列为创作论之首，它是一篇完整的（　　）。
   A. 艺术想象论　　　　　　　B. 艺术灵感论
   C. 艺术构思论　　　　　　　D. 艺术风格论

6. 陆机《文赋》中"谢朝华于已披，启夕秀于未振"是在说（　　）。
   A. 文章对景物的描摹　　　　B. 文章的艺术构思
   C. 文章的艺术想象　　　　　D. 文章的感情气势

7. 李商隐《上崔华州书》"行道不系今古，直挥笔为文"的意思是（　　）。
   A. 作家创作可以随意想象
   B. 作家创作可以运用多种修辞方法
   C. 作家创作必须深入体验生活
   D. 作家创作必须直抒胸臆

8. 杜甫《戏为六绝句》中"今人嗤点流传赋，不觉前贤畏后生"一句中"前贤"指的是（　　）。
   A. 陆机　　　B. 左思　　　C. 庾信　　　D. 初唐四杰

9. 陆游早年的诗歌创作效法的是（　　）。
   A. 晚唐派　　B. 江西派　　C. 新乐府　　D. 元白体

10. 韩愈主张"唯陈言之务去",是指（　　）。
　　A. 写文章一定要把陈腐的句子删去
　　B. 只要是前人说过的话,都不能重复地说
　　C. 写作要有创造性,不论内容与词句,都要务去陈言
　　D. 写文章要不落俗套,就必须每句话都是新的、前人没有说过的

11. "乃知文者以明道,是固不苟为炳炳烺烺,务采色、夸声音而以为能也"语出（　　）。
　　A. 白居易《与元九书》　　　　B. 韩愈《答李翊书》
　　C. 柳宗元《答韦中立论师道书》　D. 李商隐《上崔华州书》

12. "（词）别是一家"的观点由（　　）提出。
　　A. 苏轼　　　B. 欧阳修　　　C. 李清照　　　D. 秦观

13. "诗之外有事,诗之中有人。今之世异于古,今之人亦何必与古人同"的意思是（　　）。
　　A. 古今诗歌差异很大　　　　B. 古人写诗讲求寄托
　　C. 诗歌应反映时代现实　　　D. 作家要游离于世俗之外

14. 金人王若虚《滹南诗话》云:"鲁直论诗有夺胎换骨、点铁成金之喻,世以为名言。"其中的鲁直指的是（　　）。
　　A. 梅尧臣　　　B. 苏轼　　　C. 王安石　　　D. 黄庭坚

15. "真诗只在民间"语出（　　）。
　　A. 何景明《与李空同论诗书》　B. 李开先《市井艳词序》
　　C. 冯梦龙《序山歌》　　　　　D. 王世贞《艺苑卮言》

16. 梁启超认为"小说为文学之最上乘",它对读者的感染作用为（　　）。
　　A. "感""浸""刺""教"　　B. "熏""提""感""刺"
　　C. "熏""浸""刺""提"　　D. "熏""浸""讽""提"

17.《红楼梦》第一回中作者自云"将真事隐去","用假语村言敷演出一段故事",说的是（　　）。
　　A. 小说题材完全出于虚构
　　B. 小说中的故事只能虚构
　　C. 小说创作是在生活经验的基础上进行虚构
　　D. 作者无法将真实的故事写出来

18. 认为不可能通过"多读古人之诗,而求工于诗而传"的诗论家是（　　）。
　　A. 张戒　　　B. 王士禛　　　C. 叶燮　　　D. 袁枚

二、填空题（每空1分,共10分）

19.《尚书·尧典》:"（　　　　）,歌永言,声依永,律和声。"
20.《论语》:"子曰:（　　　　）,达而已矣。"(《卫灵公》)

21. 刘勰《文心雕龙》曰："形在江海之上，（　　　　）。"

22. 白居易《与元九书》云："文章合为时而著，（　　　　）。"

23. 苏轼《书黄子思诗集后》对"浓尽必枯，浅者屡深"做了进一步阐述，此句原出于唐代（　　）的《诗品》（又名《二十四诗品》）。

24. 元好问《论诗三十首》"论诗宁下涪翁拜，未作江西社里人"一句中"涪翁"指的是（　　）。

25. 王世贞《艺苑卮言》论格调曾云："思即才之用，调即思之境，（　　　　）。"

26. "不能作景语，又何能作情语邪"语出王夫之的《　　　　》。

27. 《红楼梦》第一回："曹雪芹于（　　）中披阅十载，增删五次，纂成目录，分出章回。"

28. 王国维《人间词话》中说："有我之境，（　　　　），故物皆着我之色彩。"

三、名词解释（每小题 3 分，共 12 分）

29. 绘事后素

30. 千部共出一套

31. 根情，苗言，华声，实义

32. 花部

四、简答题（每小题6分，共30分）

33. 简述墨子"言有三表"理论主张的具体内涵。

34. 简述韩愈《答李翊书》中学习古文的途径。

35. 简述钟嵘的"滋味说"。

36. 简述梅尧臣"作诗无古今，唯造平淡难"中"平淡"的内涵。

37. 简述《儒林外史序》对小说主题与小说艺术的论说。

五、论述题（每小题10分，共30分）

38. 论述刘勰《文心雕龙·神思》中的艺术想象论。

39. 论述钟惺《诗归序》中有关竟陵派诗论的主要内容。

40. 试析叶燮《原诗》中阐述的"理、事、情"与"才、胆、识、力"这一艺术思想的内涵。

"中国古代文论选读"全真巩固自测卷（五）

一、单项选择题（每小题1分，共18分）

1. "八音克谐，无相夺伦，神人以和"这句话出自（　　）。
   A.《尚书·尧典》　　　　　　　B.《诗经》
   C.《论语》　　　　　　　　　　D.《孟子》

2. 王逸的《楚辞章句序》是对（　　）《离骚传》的推衍和发展。
   A. 班固　　　B. 司马迁　　　C. 刘安　　　D. 王充

3. 在中国文学批评史上开"作家论"先河的是（　　）。
   A. 孔子　　　B. 孟子　　　C. 王充　　　D. 王逸

4. 首先用"推其志也，虽与日月争光可矣"来赞美屈原的是（　　）。
   A. 刘安　　　B. 司马迁　　　C. 班固　　　D. 王逸

5. 提出"齐、梁间诗，彩丽竞繁，而兴寄都绝"的是（　　）。
   A. 钟嵘　　　B. 陈子昂　　　C. 皎然　　　D. 白居易

6. 李商隐《上崔华州书》"百经万书，异品殊流"中"经"指的是（　　）。
   A. 儒家五经　　　　　　　　B. 佛教经典
   C. 道教经典　　　　　　　　D. 儒、佛、道之书

7. 《文心雕龙·神思》"思理为妙，神与物游"中"思理"的含义是（　　）。
   A. 艺术想象　　　　　　　　B. 艺术构思
   C. 艺术风格　　　　　　　　D. 艺术感染力

8. 钟嵘《诗品》云："照烛三才，晖丽万有。"其中"三才"指的是（　　）。
   A. 天、地、人　　　　　　　B. 人、鬼、神
   C. 上、中、下　　　　　　　D. 泛指天地万物

9. 明代公安派袁宏道等人以"变"论诗，作为与（　　）相对抗的一面旗帜。
   A. 台阁体　　　B. 复古派　　　C. 唐宋派　　　D. 竟陵派

10. 《录鬼簿》中"前辈已死名公才人，有所编传奇行于世者"列在首位的是（　　）。
    A. 白朴　　　B. 关汉卿　　　C. 董解元　　　D. 马致远

11. "不能作景语，又何能作情语邪"语出（　　）。
    A. 李渔《闲情偶记》　　　　　B. 王夫之《夕堂永日绪论内编》
    C. 叶燮《原诗》　　　　　　　D. 王士祯《带经堂诗集序》

12. 司空图《与李生论诗书》中所谓"韵外之致"指的是（　　）。
   A. 追求韵味达到极致　　　　　　B. 语言文字之外别有余味
   C. 语言文字之外的精致　　　　　D. 韵味消失的地方

13. 龚自珍在《书汤海秋诗集后》一文中提出了一个崭新的论诗标准（　　）。
   A."童心"　　　B."完"　　　C."变"　　　D."逆"

14. 《曲律》的作者是（　　）。
   A. 徐渭　　　B. 沈德潜　　　C. 王骥德　　　D. 汤显祖

15. 《红楼梦》第一回中"千部共出一套"一语批评的对象是（　　）。
   A.《金瓶梅》　　B. 才子佳人小说　　C. 三言二拍　　D.《情史》

16. 认为"小说为文学之最上乘"的是（　　）。
   A. 梁启超　　　B. 章炳麟　　　C. 鲁迅　　　D. 王国维

17. 刘大櫆是桐城派承先启后的重要人物，他继承了方苞的"义法"论，同时又开启了后来的（　　）的古文理论。
   A. 戴名世　　　B. 王夫之　　　C. 王士禛　　　D. 姚鼐

18. 王士禛诗歌理论的核心是（　　）。
   A."童心说"　　B."神韵说"　　C."性灵说"　　D."格调说"

二、填空题（每空 1 分，共 10 分）

19. 子曰："《诗三百》，一言以蔽之，曰：（　　　　）。"

20. 提出"文以气为主""气之清浊有体"的文论家是（　　　　）。

21. 刘勰《文心雕龙·神思》："故寂然凝虑，（　　　　），悄焉动容，视通万里。"

22. 陆机《文赋》曰："诗缘情而绮靡，（　　　　）。"

23. 《诗归》为（　　）、谭元春所编诗歌选本，体现了竟陵派的文学主张。

24. 苏轼《书黄子思诗集后》曾引用"梅止于酸，盐止于咸，饮食不可无盐梅，而其美常在咸酸之外"，此句原出司空图的《　　　　》。

25. 李清照在《　　　　》一文中提出"（词）别是一家"的观点。

26. 《艺苑卮言》的作者是明代后七子之一的（　　　　）。

27. 袁宏道《薛涛阁集序》是为（　　　　）的文集作的序。

28. 章炳麟在《国故论衡·文学总略》中认为文学是（　　　　）的法式。

三、名词解释（每小题 3 分，共 12 分）

29. 尽善尽美

30. 汉魏风骨

31. 点铁成金

32. 真诗乃在民间

四、简答题（每小题 6 分，共 30 分）

33. 子曰："《关雎》乐而不淫，哀而不伤。"（《孔子·八佾》）表现了孔子怎样的诗学主张？它与后来"诗教"的建立有什么联系？

34. 曹丕认为文学批评者有哪两种错误态度？

35. 严羽《沧浪诗话》中所谓"诗之法"主要有哪些？

36. 简述柳宗元《答韦中立论师道书》中所体现的"文以明道"的文学思想。

37. 简述钟嗣成《录鬼簿》对作家的分期。

五、论述题（每小题10分，共30分）
38. 试述汉代对屈原作品的思想性的争论。

39. 简述龚自珍论诗标准——"完"的内涵及意义。

40. 试述刘大櫆《论文偶记》中的古文理论。

"中国古代文论选读"全真巩固自测卷(六)

一、单项选择题(每小题1分,共18分)

1. 孔子对《关雎》的评价是( )。
   A. 乐而不淫,哀而不伤　　　　B. 尽美矣,又尽善也
   C. 尽美矣,未尽善也　　　　　D. 后妃之德也

2. 荀子论"乐",主张( )。
   A. 非乐　　　　　　　　　　　B. 郑声淫
   C. 正其乐　　　　　　　　　　D. 治世之音安以乐

3. 《文心雕龙》作者刘勰的生活年代是( )。
   A. 汉代　　　B. 魏晋　　　C. 齐梁　　　D. 梁陈

4. 中国文学批评史上第一篇完整而系统的文学理论作品是( )。
   A.《毛诗序》　B.《文赋》　C.《文心雕龙》　D.《诗品》

5. 李商隐《上崔华州书》一文的主旨是( )。
   A. 推崇古文,提倡文学复古　　B. 对古文运动的流弊提出批评
   C. 提出文学创作应反映现实　　D. 提出文学创作应表现人性

6. 钟嵘反对用事用典,这是因为( )。
   A. 用事用典,增强了诗歌创作的难度
   B. 诗是吟咏性情的,不能以用事用典来逞能
   C. 用事用典多了,文化程度低的人就看不懂
   D. 用事用典,只适用于一般文章,不能用于作诗

7. 唐代司空图《与李生论诗书》开篇提出了"诗贯六义"的主张,其放在首位的是( )。
   A. 歌颂　　　B. 想象　　　C. 模仿　　　D. 讽喻

8. 柳宗元《答韦中立论师道书》除了论述师道问题,还着重论述了( )。
   A. 为文之法　B. 文以明道　C. 修辞之法　D. 创作构思

9. 体现了竟陵派诗歌理论的选本是( )。
   A.《唐宋八大家文钞》　　　　B.《诗归》
   C.《列朝诗集》　　　　　　　D.《唐诗品汇》

10. 《论诗三十首》中"高情千古《闲居赋》,争信安仁拜路尘"批评的作家是( )。
    A. 左思　　　B. 刘琨　　　C. 郭璞　　　D. 潘岳

11. 焦循《花部农谭》考证和分析的地方戏曲剧目流行于（　　）。
   A. 南京　　　　B. 扬州　　　　C. 杭州　　　　D. 北京
12. 李渔的曲论，主张（　　）。
   A. 结构第一　　B. 宾白第一　　C. 词采第一　　D. 声律第一
13. 公安派以变古对抗复古，该文学流派的中坚是"公安三袁"之一的（　　）。
   A. 袁宗道　　　B. 袁宏道　　　C. 袁中道　　　D. 袁小修
14. 龚自珍在《书汤海秋诗集后》一文中倡导的文学思想是（　　）。
   A. "真诗在民间"　B. "工夫在诗外"　C. "诗与人为一"　D. "诗有别趣"
15. 《诗归》的编选者是钟惺和（　　）。
   A. 王骥德　　　B. 王世贞　　　C. 袁宏道　　　D. 谭元春
16. 《红楼梦》第一回中"至若离合悲欢，兴衰际遇，则又追踪摄迹，不敢稍加穿凿"说的是（　　）。
   A. 小说以真实生活为基础　　　　B. 小说所描绘的是离合兴衰的故事
   C. 小说是作者生活的实录　　　　D. 小说采取倒叙的叙述方式
17. "小说有不可思议之力支配人道"语出（　　）。
   A. 梁启超《论小说与群治之关系》　　B. 袁于令《西游记题词》
   C. 闲斋老人《儒林外史序》　　　　　D. 鲁迅《中国小说史略》
18. 在中国文学理论批评史上，由农民阶级提出的第一篇完整的文论是（　　）。
   A.《花部农谭序》　　　　　　　B.《古谣谚序》
   C.《戒浮文巧言谕》　　　　　　D.《摩罗诗力说》

二、填空题（每空1分，共10分）

19. 赋是汉代一种新兴的文学体制，《　　　　》开汉赋之先河。
20. 陆游《九月一日夜读诗稿有感走笔作歌》一诗中有一句"我昔学诗未有得，残余未免从人乞"，指陆游早年曾拜（　　）为师，受到江西诗派的影响。
21. "行道不系古今，直挥笔为文"一句出自李商隐的《　　　　》。
22. 陆机《文赋》曰："观古今于须臾，（　　　　　　）。"
23. 唐代司空图《与李生论诗书》："近而不浮，（　　　　　），然后可以言韵外之致耳。"
24. 李清照提出词"别是一家"的主张，针对的是词人（　　）"以诗为词"的作法。
25. 李开先《　　　　》提出了"真诗只在民间"的口号。
26. 何景明《与李空同论诗书》题中"李空同"指的是（　　　　）。
27. 明代中叶的戏剧创作中，格律派的代表作家是（　　　　）。
28. 《论白话为维新之本》一文鲜明地提出了"崇白话而废文言"的口号，它的作者是（　　）。

三、名词解释（每小题 3 分，共 12 分）

29. 发愤著书

30. 《诗式》

31. 《曲律》

32. 诗有别趣

四、简答题（每小题 6 分，共 30 分）

33. 简述孔子"兴观群怨说"的基本内涵。

34. 简析墨子有关"非乐"的理论主张。

35. 简述苏轼有关"发纤秾于简古,寄至味于澹泊"的美学思想。

36. 简述梅尧臣"作诗无古今,唯造平淡难"这一艺术境界的内涵。

37. 简析袁宏道论诗之"变"的内涵。

五、论述题(每小题10分,共30分)

38. 分析王国维《人间词话》的理论体系。

39. 试述司空图的"韵味说"。

40. 试述何景明《与李空同论诗书》一文中有关学古与创新的关系。

"中国古代文论选读"全真巩固自测卷（七）

一、单项选择题（每小题1分，共18分）

1. 诗六义中"赋"指的是（　　）。
   A. 以彼物比此物也　　　　　　B. 体物写志
   C. 敷陈其事而直言之者　　　　D. 先言他物以引其所咏之也

2. 荀子文学思想的核心是（　　）。
   A. 非乐　　　B. 尚质　　　C. 明道　　　D. 尚雅

3. 《文心雕龙·神思》篇的主题是论（　　）。
   A. 艺术准备　　B. 艺术想象　　C. 篇章结构　　D. 文辞修饰

4. 早在西汉武帝时，刘安首先从思想内容方面肯定《离骚》所作的文章是（　　）。
   A.《楚辞章句》　B.《楚辞补注》　C.《离骚传》　D.《离骚经》

5. "言恢之而弥广，思按之而逾深；播芳蕤之馥馥，发青条之森森"描述的是（　　）。
   A. 构思过程　　B. 行文乐趣　　C. 作文利害　　D. 文章之病

6. 对李白、杜甫做出极高评价，认为"李太白、杜子美以英玮绝世之姿，凌跨百代，古今诗人尽废"的是（　　）。
   A. 苏洵　　　B. 欧阳修　　　C. 王安石　　　D. 苏轼

7. 严羽提出所谓"诗之法有五"，包括了（　　）。
   A. 体制、韵味、气象、格调、音节　　B. 韵味、格力、气象、格调、音节
   C. 兴趣、韵味、气象、格调、音节　　D. 体制、格力、气象、兴趣、音节

8. 《序山歌》的作者是（　　）。
   A. 冯梦龙　　B. 李攀龙　　C. 李梦阳　　D. 李开先

9. "夫诗者众妙之华实，六经之菁英"出自（　　）。
   A.《诗品》　B.《诗式》　C.《二十四诗品》　D.《与元九书》

10. 清代中叶昆曲以外的地方戏曲被称为（　　）。
    A. 京剧　　　B. 杂技　　　C. 花部　　　D. 南戏

11. 袁枚论诗标举"性灵"，批判了以翁方纲为代表的"误把抄书当作诗"的诗风，这种诗风的弊端是（　　）。
    A. 以雕琢为诗　　　　　　B. 以神韵为诗
    C. 以文章为诗　　　　　　D. 以考据为诗

12. 李贽认为《水浒传》的创作精神是（　　）。
    A. 发愤著书　　B. 童心未泯　　C. 影射现实　　D. 游戏之作
13. 闲斋老人的《儒林外史序》中被称为"一篇之骨"的是（　　）。
    A. 因果报应　　B. 经国济事　　C. 功名富贵　　D. 发迹变态
14. 冯桂芬的《复庄卫生书》一文是对（　　）的文学主张所进行的一次集中的批判。
    A. 格调派　　B. 常州词派　　C. 神韵派　　D. 桐城派
15. 李渔在《闲情偶寄》中提出戏曲作品各要素的排列次序是（　　）。
    A. 结构、词采、音律　　　　B. 词采、结构、音律
    C. 音律、结构、词采　　　　D. 音律、词采、结构
16. 在清代桐城派古文理论的发展中承先启后的人物是（　　）。
    A. 戴名世　　B. 方苞　　C. 姚鼐　　D. 刘大櫆
17. 据《红楼梦》第一回所述，为《红楼梦》起名字的人是（　　）。
    A. 情僧　　B. 石兄　　C. 吴玉峰　　D. 孔梅溪
18. 《论小说与群治之关系》是近代改良主义小说理论的纲领，其作者是（　　）。
    A. 黄遵宪　　B. 梁启超　　C. 曹雪芹　　D. 龚自珍

二、填空题（每空1分，共10分）

19. 《毛诗序》说："《关雎》，后妃之德也，风之始也，所以风天下而正夫妇也。"其中第二个"风"的意思是（　　）。
20. 《文心雕龙》兼论诗文，而同时代的《　　》则专论五言诗而不及文章。
21. 最早出现的论诗绝句是（　　）所作的《戏为六绝句》。
22. 皎然《诗式》："作者须知复变之道，（　　）曰复，不滞曰变。"
23. 李清照词"别是一家"的主张针对的是苏轼"（　　）"的作法而发。
24. 陆游《示子遹》中"汝果欲学诗，（　　）"，体现了其重视现实生活体验的倾向。
25. 严羽《沧浪诗话》："夫学诗者以（　　）为主，入门须正，立志须高。"
26. 钟嵘在诗歌创作问题上提出了著名的（　　），他认为五言诗是"众作之有滋味者也"。
27. 明代中叶的戏剧创作中，言情派的代表作家是（　　）。
28. 《二十世纪大舞台发刊词》的作者是（　　）。

三、名词解释（每小题3分，共12分）

29. 乐而不淫，哀而不伤

30. 神与物游

31. 近而不浮

32. 境界

四、简答题（每小题 6 分，共 30 分）

33. 简述元好问《论诗三十首》的主要思想主张。

34. 简述《尚书·尧典》中有关早期文学与乐、舞的关系。

35. 简述曹丕对于文学体裁的分析。

36. 简析张戒诗论中有关"中的"的论述。

37. 简述刘毓崧《古谣谚序》中对民间文学的看法。

五、论述题（每小题10分，共30分）

38. 分析杜甫《戏为六绝句》论诗的主要内容。

39. 试述王骥德《曲律》所阐发的戏剧理论主张。

40. 试述袁枚"性灵说"的内涵。

"中国古代文论选读"全真巩固自测卷(八)

一、单项选择题(每小题1分,共18分)

1. 孔子认为《诗经》中《关雎》一篇"乐而不淫,哀而不伤",其中"淫"指(   )。
   A. 荒淫　　　　B. 靡靡之音　　　C. 颓废　　　　D. 过分

2. "治世之音安以乐,其政和;乱世之音怨以怒,其政乖"出自(   )。
   A.《尚书》　　　B.《论语》　　　C.《毛诗序》　　D.《荀子》

3. 提出诗歌言情"发乎情,止乎礼义"的是(   )。
   A. 孔子　　　　B. 司马迁　　　C.《毛诗序》　　D.《尚书》

4. 《尚书·尧典》中"律和声"的意思是(   )。
   A. 用节奏来配合歌声　　　　　　B. 用律吕来调和歌声
   C. 用声音延长诗的语言　　　　　D. 声音的高低与长言相配合

5. 提出"夫人善于自见,而文非一体,鲜能备善"的是(   )。
   A. 司马迁　　　B. 王充　　　　C. 曹丕　　　　D. 陆机

6. 提出"气盛则言之短长与声之高下者皆宜"的是(   )。
   A. 曹丕　　　　B. 钟嵘　　　　C. 韩愈　　　　D. 杜甫

7. 皎然《诗式》主要谈的是(   )。
   A. 诗歌的思想内容　　　　　　　B. 诗歌的艺术表现
   C. 诗歌的格式　　　　　　　　　D. 诗歌的格调

8. 北宋初期,为挽回晚唐五代纤弱佻巧的风气,王禹偁论诗,推崇(   )。
   A. 杜甫　　　　B. 白居易　　　C. 李白　　　　D. 贾岛

9. "作诗无古今,唯造平淡难"的作者是(   )。
   A. 杜甫　　　　B. 白居易　　　C. 梅尧臣　　　D. 欧阳修

10. 宋代梅尧臣《答韩三子华韩五持国韩六玉汝见赠述诗》一文,反对的是(   )。
    A. 滋味说　　　B. 韵味说　　　C. 元和体　　　D. 西昆体

11. 提出"诗有别材,非关书也"的是(   )。
    A. 陆游　　　　B. 苏轼　　　　C. 严羽　　　　D. 张戒

12. 王安石的《上人书》探讨了文和辞的关系,或者说内容与形式的关系,他认为(   )。
    A. 内容是主要的　　　　　　　　B. 形式是主要的

C. 内容与形式同等重要　　　　D. 内容与形式可以分开

13. 何景明提出文学复古要"舍筏登岸"，具体的含义是（　　）。
A. 比喻学古人必须彻底
B. 比喻学习古人有所得后应舍弃古人的陈法
C. 比喻学习古人要像佛家那样有超然的心态
D. 比喻学习古人要靠自己的悟性

14. "此外千变万状，不知所以神而自神也"语出（　　）。
A. 司空图《与李生论诗书》　　B. 韩愈《答李翊书》
C. 柳宗元《答韦中立论师道书》　　D. 何景明《与李空同论诗书》

15. 王国维《人间词话》文学思想的理论核心是（　　）。
A. "神韵说"　　B. "童心说"　　C. "境界说"　　D. "性灵说"

16. 汤显祖在《答吕姜山》中提出一个剧本应该包括的四个方面是（　　）。
A. 意、味、声、色　　　　B. 意、趣、神、色
C. 意、象、神、色　　　　D. 意、象、声、色

17. 冯桂芬认为桐城派的义法（　　）。
A. 为中国散文史上的创见　　B. 对散文发展功大于过
C. 严重地束缚了散文的发展　　D. 在后代没什么影响

18. 梁启超《论小说与群治之关系》一文紧密联系了（　　）。
A. 小说与美术　　B. 小说与人生　　C. 小说与政治　　D. 小说与哲学

二、填空题（每空 1 分，共 10 分）

19. 李贽《忠义水浒传序》："《水浒传》者，（　　）之所作也。"

20. 刘勰《文心雕龙》中集中反映其文学史观的是《　　》篇。

21. 《沧浪诗话·诗辨》："近代诸公作奇特解会，遂以文字为诗，以（　　）为诗，以才学为诗。"

22. 唐代司空图《与李生论诗书》："近而不浮，远而不尽，然后可以（　　）耳。"

23. 体现了竟陵派诗歌理论的选本是《　　》。

24. 袁枚论诗，标举"（　　）"以对抗沈德潜的"格调说"。

25. 陆游《九月一日夜读诗稿有感走笔作歌》一诗中有一句"诗家三昧忽见前，屈、贾在眼元历历"，其中"屈、贾"指的是屈原和（　　）。

26. 在中国文学理论批评史上由农民阶级提出的第一篇完整的文论是《　　》。

27. 方苞是（　　）派代表人物。

28. 徐渭的《　　》是第一部也是宋、元、明、清四代专论南戏的唯一著作。

三、名词解释（每小题 3 分，共 12 分）

29. 借男女之真情，发名教之伪药

30. 发纤秾于简古

31. 转益多师是汝师

32. 摩罗诗

四、简答题（每小题 6 分，共 30 分）

33. 简述"诗言志"和"诗言情"的关系。

34. 简述刘勰有关"思理为妙，神与物游"的文学思想。

35. 简述白居易关于文学与现实的关系的论述。

36. 简析袁于令《西游记题词》中对小说虚构理论的阐述。

37. 简述梁启超《论小说与群治之关系》一文的中心思想。

五、论述题（每小题 10 分，共 30 分）

38. 试析皎然《诗式》中有关取境的论述。

39. 试述黄遵宪《人境庐诗草自序》中有关诗歌写作原则的内容。

40. 论述曹丕《典论·论文》提出的文学主张。

"中国古代文论选读"全真巩固自测卷（九）

一、单项选择题（每小题1分，共18分）

1. 强调文和道德的联系，提出"有德者必有言"的看法的是（　　）。
   A. 庄子　　　　B. 孟子　　　　C. 荀子　　　　D. 孔子

2. 《尚书·尧典》中"声依永"的意思是（　　）。
   A. 歌声永恒流传　　　　　　B. 声音的高低与长言相配合
   C. 歌是延长诗的语言　　　　D. 律吕用来调和歌声

3. 《毛诗序》的中心思想是诗歌要（　　）。
   A. 明道　　　　　　　　　　B. 为统治阶级服务
   C. 温柔敦厚　　　　　　　　D. 思无邪

4. 孔子所谓"诗可以兴"指的是（　　）。
   A. 诗能兴邦
   B. 诗具有启发鼓舞的感染作用
   C. 诗具有考察社会现实的认识作用
   D. 诗具有互相感化和互相提高的教育作用

5. 曹丕在《典论·论文》中提出"夫文本同而末异"，这里的"末"指的是（　　）。
   A. 细枝末节　　　　　　　　B. 个性风格
   C. 语言辞藻　　　　　　　　D. 不同文体的特点

6. 《文心雕龙·时序》篇中"文变染乎世情，兴废系乎时序"一句的意思是（　　）。
   A. 世事变迁而文章永恒
   B. 文章的好坏必须经过时间的检验
   C. 社会与时代因素决定文学的发展
   D. 文章一旦染上社会习气就不能流传下去

7. 《论语》是最早的一部儒家"经典"，用（　　）写成。
   A. 编年体　　　B. 国别体　　　C. 章回体　　　D. 语录体

8. 《与元九书》的作者是（　　）。
   A. 白居易　　　B. 元稹　　　　C. 王维　　　　D. 柳宗元

9. 严羽《沧浪诗话》的写作特色是（　　）。
   A. 诗、道结合　　　　　　　B. 理论与实践相结合

C. 以禅喻诗　　　　　　　　　　D. 骈散结合
10. 欧阳修《答吴充秀才书》一文探讨了（　　　）。
A. 文与道的关系　　　　　　　　B. 文与禅宗思想的关系
C. 文与作家个性的关系　　　　　D. 文与现实生活的关系
11. 认为谣谚"与风雅表里相符"的是（　　　）。
A. 梁启超　　　B. 黄遵宪　　　C. 柳亚子　　　D. 刘毓崧
12. 提出"凡文以意、趣、神、色为主"的是（　　　）。
A. 汤显祖　　　B. 王世贞　　　C. 钟惺　　　　D. 王骥德
13. "幔亭过客"指的是（　　　）。
A. 李贽　　　　B. 汤显祖　　　C. 袁于令　　　D. 钟惺
14. 李贽提倡"童心"说，其"童心"是指（　　　）。
A. 儿童的不成熟心理
B. 赤子一样纯真的心，这是"天下之至文"之源
C. 像儿童一样自由地表达自己的愿望和感情
D. 要用儿童的心理去表现儿童的生活
15. 王夫之论诗讲求情景交融，与之理论相通的流派是（　　　）。
A. 竟陵派　　　B. 格调派　　　C. 神韵派　　　D. 唐宋派
16. "有有我之境，有无我之境"语出（　　　）。
A. 《随园诗话》　　　　　　　　B. 《中国小说史略》
C. 《摩罗诗力说》　　　　　　　D. 《人间词话》
17. 王国维在《人间词话》中推崇李后主词是因为（　　　）。
A. 李后主经历坎坷　　　　　　　B. 李后主词开拓了词的题材和视野
C. 李后主词有感人至深的力量　　D. 李后主词有独特的韵味
18. 《红楼梦》第一回中说到东鲁孔梅溪题书名曰（　　　）。
A. 《情僧录》　　　　　　　　　B. 《金陵十二钗》
C. 《石头记》　　　　　　　　　D. 《风月宝鉴》

二、填空题（每空1分，共10分）

19. 《尚书·尧典》："诗言志，歌（　　　），声依永，律和声。"
20. 荀子讲"夫声乐之入人也深，其化人也速"，是强调音乐的（　　　）作用。
21. 汉代王逸的《　　　》是解说《楚辞》的重要著作。
22. 宋人严羽的"妙悟说"，清人王士禛的"神韵说"，都多少受到司空图（　　　）的影响。
23. 古代论诗绝句，滥觞于杜甫的《　　　》。
24. 韩愈《答李翊书》提出写古文要以（　　　）为先。

25. 词学论著《词源》的作者是宋人（　　）。
26. 清初诗坛无论是创作还是理论批评，影响最大的是（　　）。
27. 元好问《论诗三十首》"池塘春草谢家春"一句中"谢家"指（　　）。
28. 《古谣谚》一书为（　　）所辑，是现存搜集古代谣谚最完备的书。

三、名词解释（每小题 3 分，共 12 分）

29. （诗）"无邪"

30. 露才扬己

31. "自作语最难"

32. 减头绪

四、简答题（每小题 6 分，共 30 分）

33. 简述"绘事后素"。

34. 从《诗经》某些篇章简析讽刺诗的产生原因。

35. 简述司马迁《史记》一书的文学思想基础。

36. 简述严羽《沧浪诗话》关于"诗之品有九"的论述。

37. 简述《荀子》有关"乐"的主要观点。

五、论述题（每小题 10 分，共 30 分）

38. 分析《诗品序》在破与立这两个方面所提出的重要观点。

39. 试述黄遵宪《人境庐诗草自序》中诗歌改革主张的内容。

40. 试述《毛诗序》的主要内容及其在批评史上的地位。

"中国古代文论选读"全真巩固自测卷(十)

一、单项选择题(每小题1分,共18分)

1. 孔子所谓诗"可以怨"指的是( )。
   A. 批评不良政治的讽刺作用
   B. 诗具有启发鼓舞的感染作用
   C. 诗重在抒发哀怨之情
   D. 诗具有互相感化和互相提高的教育作用

2. 墨子文学思想的要点之一是( )。
   A. 尚贤　　　B. 尚华　　　C. 尚质　　　D. 尚乐

3. 下列不属于"言有三表"的是( )。
   A. 上本之于古者圣王之事
   B. 下原察百姓耳目之实
   C. 有德者必有言
   D. 废(发)以为刑政,观其中国家百姓人民之利

4. 评价《春秋》是"上明三王之道,下辨人事之纪"的是( )。
   A. 司马迁　　B. 班固　　　C. 王充　　　D. 王逸

5. 王充是中国哲学史上( )倾向比较突出的思想家。
   A. 唯心主义　B. 现实主义　C. 浪漫主义　D. 唯物主义

6. 刘勰的《文心雕龙》是唐前文论集大成之作,其中列在创作论之首,着重谈艺术的想象问题的一篇文章是( )。
   A.《神思》　B.《超奇》　C.《时序》　D.《论文》

7. 陆机《文赋》言作文之由不外两途:一个是感于物,一个是( )。
   A. 动于情　　B. 触于时　　C. 本于学　　D. 伤于逝

8. "常人贵远贱近,向声背实,又患暗于自见,谓己为贤。"出自( )。
   A.《论衡》　B.《典论·论文》　C.《诗品序》　D.《毛诗序》

9. 被清人章学诚称为"体大而虑周"的文论专著是( )。
   A.《论语》　B.《典论·论文》　C.《诗品》　D.《文心雕龙》

10. 陈子昂在《与东方左史虬修竹篇序》中指出晋、宋以来诗文的弊病是( )。
    A. "文章道弊""彩丽竞繁"　　B. "引气不齐""巧拙有素"
    C. "寡情鲜爱""寻虚逐微"　　D. "随其嗜欲""伤其真美"

11. "自作语最难,老杜作诗,退之作文,无一字无来处,盖后人读书少,故谓韩、杜自作此语耳。"出自(   )。

   A. 苏洵《仲兄字文甫说》　　　　B. 黄庭坚《答洪驹父书》
   C. 王安石《上人书》　　　　　　D. 梅尧臣《读邵不疑学士诗卷》

12. 认为诗歌必须是"情意有余,汹涌而后发",但又要"情在词外,状溢目前",以"不迫不露"为贵的是(   )。

   A. 张炎　　　　B. 李清照　　　　C. 苏轼　　　　D. 张戒

13. 元好问《论诗三十首》中"一语天然万古新,豪华落尽见真淳"称赞的是(   )。

   A. 谢灵运　　　B. 陶渊明　　　　C. 李白　　　　D. 杜甫

14. 中国戏曲史上现存的第一部重要文献是(   )。

   A.《闲情偶寄》　B.《花部农谭》　C.《录鬼簿》　　D.《曲律》

15. 李开先认为,市井艳词,也就是民间歌谣,它的一个最大的特点,是(   )。

   A. 词哗于市井,虽儿女子初学者,亦知歌之
   B. 多流俗琐碎,士大夫所不道
   C. 语意则直出肺肝,不加雕刻
   D. 市井闻之响应

16. 以下不属于"诗界革命"中坚人物的是(   )。

   A. 谭嗣同　　　B. 夏曾佑　　　　C. 梁启超　　　　D. 鲁迅

17. 《红楼梦》第一回中说到曹雪芹于悼红轩中题书名曰(   )。

   A.《情僧录》　B.《金陵十二钗》　C.《石头记》　　D.《风月宝鉴》

18. 《复庄卫生书》的作者是(   )。

   A. 柳亚子　　　B. 章炳麟　　　　C. 梁启超　　　　D. 冯桂芬

二、填空题（每空1分,共10分）

19. 《   》是用语录体写的最早一部儒家"经典"。

20. 现存最早的《楚辞》注本《楚辞章句》的作者是(   )。

21. 欧阳修《答吴充秀才书》一文探讨了文与(   )的关系。

22. (   )认为"诗言志"是中国历代诗论的"开山的纲领"(《诗言志辨序》)。

23. 杜甫《戏为六绝句》中评价庾信:"庾信文章老更成,(   )。"

24. 裘廷梁的《论白话为维新之本》鲜明地提出了"(   )"的口号。

25. 严羽《沧浪诗话·诗辨》:"夫诗有别材,(   );诗有别趣,非关理也。"

26. 李渔的《   》系统地论述了戏曲创作和表演的多方面问题,形成了

一个较为完整的戏曲理论体系。

27. 《红楼梦》第一回中说道："因空见色，由色生情，传情入色，自色悟空，遂易名为'（　　　　）'。"

28. （　　　　）同志从无产阶级立场出发，书写"诗言志"三字赠给文艺工作者，给这一理论注进了新的内容。

三、名词解释（每小题 3 分，共 12 分）

29. 不薄今人爱古人

30. （词诗）"别是一家"

31. 含蓄蕴藉

32. 诗有别材

四、简答题（每小题 6 分，共 30 分）

33. 简析陆游"琢雕自是文章病"的观点。

34. 简述陈子昂诗文革新理论主张提出的背景。

35. 简述"羚羊挂角，无迹可求"的意思。

36. 简析陆机对行文乐趣的分析。

37. 简述钟嗣成《录鬼簿》的内容。

五、论述题（每小题 10 分，共 30 分）

38. 试述孔子的文艺思想与主张。

39. 试述白居易《与元九书》的主要文学思想。

40. 试述《荀子》有关"言"的主要观点。

三、参考答案

"中国古代文论选读"全真巩固自测卷(一)参考答案

一、单项选择题

1. D

【师探解析】孔子被称为儒家的创始人,他特别强调文和道德的联系,提出"有德者必有言"的看法。《论语·宪问》:"有德者必有言,有言者不必有德。"

2. D

【师探解析】关于赋、比、兴,朱熹分别做了说明:"赋,敷陈其事而直言之者也";"比者,以彼物比此物也";"兴者,先言他物以引起所咏之词也"。

3. D

【师探解析】《文心雕龙·神思》提出的"思理为妙,神与物游",是刘勰想象论的重要纲领。

4. C

【师探解析】陆机《文赋》中,"精骛八极,心游万仞";"浮天渊以安流,濯下泉而潜浸";"观古今于须臾,抚四海于一瞬"。描述了艺术想象驰骋于穷高极远的空间,突破上下古今的限制,然后使得"情瞳胧而弥鲜,物昭晰而互进",感情更加鲜明,物象更加清晰。

5. C

【师探解析】"韵外之致""味外之旨"出自司空图《与李生论诗书》。意思是说在语言文字之外,别有韵味。司空图认为好诗必须有"韵外之致""味外之旨",给读者留下联想与回味的余地,从而达到"思与境偕"的艺术"诣极"。

6. A

【师探解析】苏洵《仲兄字文甫说》阐说了文学创作上天人凑泊的问题。他用风水相遭而成文作比喻,水,比喻创作的源泉和艺术修养;风,比喻创作冲动不能已于言的一种状态。认为"无意乎相求,不期而相遭,而文生焉"的作品,才是"天下之至文"。

7. C

【师探解析】杜甫《戏为六绝句》最后一首:"别裁伪体亲风雅,转益多师是汝师。"

8. C

【师探解析】康乐:康乐公,指谢灵运,谢玄之孙,晋时袭封康乐公。谢灵运通佛学,主顿悟。

9. D

【师探解析】袁于令《西游记题词》中有:"言真不如言幻,言佛不如言魔"一句。

10. B

【师探解析】李清照《词论》提出词"别是一家"的主张,要求作词在内容风格上也当有别于诗,就是针对苏轼"以诗为词"的做法而发的。

11. B

【师探解析】《录鬼簿》作者是钟嗣成。

12. C

【师探解析】 张炎在《词源》中提出评词的标准有三：一、意趣高远；二、雅正；三、清空。

13. C

【师探解析】 孟郊，字东野。

14. B

【师探解析】 明代前七子以<u>李梦阳、何景明</u>为代表。李、何以复古为号召，转变了一时的风气，毫无疑问，他们都是主张从学古人入手的。

15. C

【师探解析】 青年鲁迅，作为一个战斗的民主主义者和爱国主义者，在当时民族危机日益加深的形势下，为了使文学成为改造人生社会、拯救祖国命运的政治斗争的武器，极力提倡反抗的、积极<u>浪漫主义文学</u>潮流，即所谓"摩罗诗派"。

16. B

【师探解析】 "夫词，非寄托不入，专寄托不出"意谓词的创作，既要有寄托，又不能单凭寄托。

17. C

【师探解析】 李渔在《闲情偶寄》提出<u>结构第一</u>、词采第二、音律第三、宾白第四、科诨第五、格局第六的看法。

18. D

【师探解析】 黄遵宪是清末资产阶级改良派在文艺战线上的一面旗帜。在"诗界革命"的队伍中，<u>有卓越的成就的，首推黄遵宪</u>。他不仅在创作方面高出同时新派诗的作者，就是诗歌改革主张的提出，也是远远地早于谭嗣同、夏曾佑诸人。

二、填空题

19. **【师探解析】** 宫、商、角、徵、羽五声之调

20. **【师探解析】** 不废江河万古流

21. **【师探解析】** 取境

22. **【师探解析】** 唯造平淡难

23. **【师探解析】** 奇险尤伤气骨多

24. **【师探解析】** 吴文英

25. **【师探解析】** 名教

26. **【师探解析】** 随园诗话

27. **【师探解析】** 水浒传

28. **【师探解析】** 摩罗诗力说

三、名词解释

29. **【师探解析】**

（1）出自《尚书·尧典》："诗言志，歌永言，声依永，律和声。"

（2）永，长。"歌永言"意为歌是延长诗的语言，徐徐咏唱，以突出诗的意义。

30. 【师探解析】
（1）严羽以禅喻诗，故重在妙悟。所谓悟，有二义：一指第一义之悟，以汉、魏、晋、盛唐为师，而反对苏、黄诗风；一指透彻之悟，重在莹彻玲珑不可凑泊，于是除反对苏、黄诗风之外，再批判永嘉四灵的学唐风气，在"破"的方面有进步意义。
（2）就其"立"的方面来讲，不免偏于艺术性而忽于思想性，所以第一义之悟成为明代前后七子拟古主张之先声；而透彻之悟，又成清代王士禛"神韵说"之所祖。对后世诗论产生了一些不良影响。

31. 【师探解析】
（1）出自陆游《论诗诗·示子遹》："汝果欲学诗，工夫在诗外。"
（2）意思是真要学习写诗，还要有更深的学问，作诗的"工夫"在于诗外的实践锻炼。
（3）现实生活的经验，就是所谓"工夫在诗外"的具体内容，也是诗人所坚持的写诗原则。

32. 【师探解析】
（1）出自王国维《人间词话》："有有我之境，有无我之境。……有我之境，以我观物，故物皆着我之色彩；无我之境，以物观物，故不知何者为我，何者为物。"
（2）这是王国维论词提出的"境界"，"有我之境"指移情于物，意溢于境的壮美境界。
（3）要求做词要情景交融、鲜明生动，具有强烈的感染力。

四、简答题

33. 【师探解析】
（1）兴：启发鼓舞的感染作用，即所谓"感发志意"。
（2）观：考察社会现实的认识作用，即所谓"观风俗之盛衰"。
（3）"兴"与"观"展现了文学的社会作用。

34. 【师探解析】
（1）首先，王充认为，品评作者的高下不能以读书多少为标准，而应看他是否"博通能用"。
（2）其次，怎样才能成为鸿儒，也就是关系作者的修养问题，王充对此做了明确的回答：不能光从外在的"文"下功夫，而更需要从内在的"实"做努力。
（3）再者，在评价作者问题上，王充反对崇古非今的倾向。

35. 【师探解析】
《与东方左史虬修竹篇序》是陈子昂诗歌理论的一个纲领：
（1）在这篇短文里，他肯定了风雅、汉魏诗歌的进步传统，指出了晋、宋以来"文章道弊""彩丽竞繁"的弊病。
（2）他着重提出"风骨"和"兴寄"两个问题，企图从精神上去变革五百年来的诗风。所谓"风骨"，就是健康的内容与生动有力的语言形式相统一。所谓"兴寄"，是"托物起兴""因物喻志"的表现方法。两者是《诗三百》到正始诗歌的优良传统所在，作家企图以此影响当时的诗坛。

36. 【师探解析】
《古谣谚》为现存搜集古代谣谚最为完备的书。刘毓崧的这篇序言，阐明编者之用心，表现了他对民间谣谚的看法，认为谣谚"与风雅表里相符"。他之所以有这样的看法，是从两个方面着眼的：

首先，他注意到的是谣谚反映现实的精神及其社会作用。

其次，在语言艺术方面，谣谚是民间流传的口头文学，它的特点，往往在粗糙简朴之中具有一种深刻的表现力；它的音调和语气，一本自然，能够体现出强烈的情感，坚定的意志。不像文人诗歌，以遣词造语为工。

37.【师探解析】

《原诗》中指出作诗之本，就被表现的客观事物来说，可以用理、事、情三者来概括；就诗人的主观来说，则以才、胆、识、力四者为要。描写任何对象，应该结合理、事、情进行艺术构思；而才、识、胆、力，"所以穷尽此心之神明"，一切的理、事、情"无不待于此而为之发宣昭著"。两者又是互相作用的。

五、论述题

38.【师探解析】

元好问《论诗三十首》的主要观点如下：

第一，贵自得，反模拟。

在"眼处心生句自神"一首中，指出了只有"亲到长安""眼处心生"的实证实悟，才能下笔有神；批判了唐临晋帖般的模拟作风。因此，元氏对以夺胎换骨为能事的江西派诗，抱着鄙夷的态度，不屑步他们的后尘，在"古雅难将子美亲"一首中，明确表示"论诗宁下涪翁拜，未作江西社里人"。

第二，主张自然天成，反对夸多斗靡。

在诗歌风格上，元氏是主张古调，反对新声的。主张古调，并不是模拟，指的是自然天成的风格。所谓新声是指夸多斗靡、逞弄才华的一套。他一方面肯定了陶渊明的"一语天然万古新，豪华落尽见真淳"，谢灵运"池塘生春草"的"万古千秋五字新"，欧、梅的"百年才觉古风迴"；另一方面否定了"斗靡夸多""布谷澜翻"的作风，指出杜诗的"排比铺张"不过一体，元稹以此尊杜是未识连城璧，讥斥元、白、皮、陆，一直到苏、黄的次韵诗是"窘步相仍死不前"，"俯仰随人亦可怜"，批判了矜多炫巧的苏诗是"百态新"、黄诗是"古雅难将子美亲"，并比苏、黄诗为"沧海横流"。

第三，主张高雅，反对险怪俳谐怒骂。

从主张古调的观点出发，元氏又强调高雅。一方面在"纵横诗笔见高情"一首中肯定了阮籍；在"沈、宋横驰翰墨场"一首中肯定了陈子昂。陈子昂正是以力复"汉、魏风骨"自任的一人，而阮籍也正是"正始之音"的代表。此两家之所以被元氏重视，就是由于风格的高雅。另一方面在"万古文章有坦途"一首中批判了"鬼画符"的险怪诗风，而慨叹于"真书不入今人眼"；在"曲学虚荒小说欺"一首中又指出了"俳谐怒骂岂诗宜，今人合笑古人拙，除却雅言都不知"。元氏这些崇尚高雅、反对怒骂为诗的理论，实际是受到苏、黄两家说诗的影响的。尽管元氏对苏诗的"百态新"一面有不满，但当时苏学在北方成为风气，元氏接受薪火之传，并不足怪，何况苏诗也还有高雅的一面，元氏并不曾予以抹杀。

第四，主张刚健豪壮，反对纤弱窘仄。

元氏在理论上重视阮籍、陶渊明、陈子昂的高风雅调，而在创作实践上，由于时代丧乱与北方雄壮河山的激发，以及苏学在北方的影响，加之他性格豪迈，凌云健笔，转近于苏，因此，他在风格论上，又强调刚健豪壮，反对纤弱窘仄。在"曹、刘坐啸虎生风""邺下风流在晋多"

"慷慨歌谣绝不传""东野穷愁死不休""有情芍药含春泪""池塘春草谢家春"等首中,对豪壮风格的曹植、刘桢、刘琨、《敕勒歌》、韩愈等尽情赞扬,对风云气少的张华、温庭筠、李商隐,"女郎诗"的秦观,以及"诗囚"的孟郊、"无补费精神"的陈师道则做了无情的讥嘲。但元氏也绝不否定李商隐诗的艺术成就,而给以"精纯"的评价,并且因无人为其作郑笺而感到遗恨。这说明元氏立论是比较公允而全面的。

第五,主张真诚,反对伪饰。

元氏除从诗歌艺术的角度分析其正伪清浊以外,特别重视作诗的根本关键。他感慨地指出"心画心声总失真,文章宁复见为人"的伪饰。而对陶诗的肯定,正是因为它的"真淳"。正面主张"心声只要传心了",出于真诚的才是好诗。元氏在《杨叔能小亨集引》中说:"何谓本?诚是也。……故由心而诚,由诚而言,由言而诗也。三者相为一。……夫唯不诚,故言无所主,心口别为二物。"正是此诗的最好注脚。

39.【师探解析】

在文与道的关系上,欧阳修以古文家的身份,从文的角度提出问题,主张重道以充文。他看出了文与道的联系,认为"道胜者文不难而自至",要想文章真正达到"工"的境地,所谓"纵横高下皆如意者",就不得不和道联系起来。内容充实,自然发为光辉;反之,仅仅从文的本身着眼,则"愈力愈勤而愈不至"。《答吴充秀才书》中指出扬雄、王通等人从文字语言去模拟经传,是"道未足而强言",正是阐明了这个意思。从这个意思来说,道是本,文是末;然而学道是为了充实文的内涵,其终极目的还在于文,则重道亦即重文。这与后来道学家轻文重道,甚至认为文能害道,把文和道对立起来,在提法上有着根本的区别。

特别值得注意的,是欧阳修对于道的理解。《答吴充秀才书》中批判学道而溺于文的文士,认为他们之所以学道而不能至,就在于"弃百事不关于心,曰:'吾文士也,职于文而已'"。可见欧阳修所谓道的具体内容主要是现实生活中的"百事"。论文而推原于道,论学道而归之于关心现实生活中的"百事",关心现实生活中的"百事"而道在其中,这样,就给文士们指出了关心现实的态度,也说明了文学是不可脱离现实的。这种平实而浅易近人的看法,与后来一般道学家的空谈心性是不同的。

40.【师探解析】

李渔的戏曲理论,颇多超越前人水平的地方。

他提出结构第一、词采第二、音律第三、宾白第四、科诨第五、格局第六的看法。主次分明,自成一说,重视戏曲艺术的特点和要求。他认为戏曲作品首先在于主题鲜明,结构严整。词采、音律等,都是为主题、结构服务的。"未有命题不佳,而能出其锦心,扬为绣口者也""非审音协律之难,而结构全部规模之未善也。"(《结构第一》)他强调作剧之前,必先立好间架,制定全形,若急于拈韵抽毫,"当有无数断续之痕",终究是要失败的。

在论结构部分,除《戒讽刺》表现了封建观点以外,其余各条都有特色:《立主脑》强调主题思想的重要和主要人物事件的突出。《密针线》《减头绪》是要布置严紧,主线分明,善于联络穿插,不能有任何破绽和矛盾。《脱窠臼》是贵独创,反对盗袭。《戒荒唐》是说戏曲要合于人情物理,不必以怪异为奇。"凡作传奇,只当求于耳目之前,不当索诸闻见之外",已认识到戏曲现实性的重要意义。《审虚实》初步讨论古今题材的处理问题。"欲劝人为孝,则举一孝子出名,但有一行可纪,则不必尽有其事,凡属孝亲所应有者,悉取而加之。亦犹纣之不善不如是之甚也。一居下流，天下之恶皆归焉"，这在理论上已涉及典型性格的问题。

关于词采，他主张贵显浅、重机趣、戒浮泛和忌填塞。"文章做与读书人看，故不怪其深，戏文做与读书人与不读书人同看，又与不读书之妇人小儿同看，故贵浅不贵深"（《忌填塞》）。但贵显浅，并不是一味粗俗。脚色不同，用的语言也不同。语言必须适合人物的性格和身份，才能表现真实。"如填生、旦之词，贵于庄雅；制净、丑之曲，务带诙谐，此理之常也。乃忽遇风流放佚之生、旦，反觉庄雅为非；作迂腐不情之净、丑，转以诙谐为忌"（《结构第一》），因此不能死守陈规，必须设身处地。"欲代此一人立言，先宜代此一人立心"（《语求肖似》），这些意见对于艺术形象的塑造很有意义。他又论述了抒情写景的相互关系："情自中生，景由外得。……以情乃一人之情，说张三要像张三，难通融于李四……善咏物者，妙在即景生情。"（《戒浮泛》）"同一月也，出于牛氏之口者，言言欢悦；出于伯喈之口者，字字凄凉。"（《密针线》）他处处从人物性格和艺术形象来谈语言技巧，与当时一般论词采者是大不相同的。

他指出当日戏曲的词采，缺少机趣，流于浮泛，而多有填塞之病。"多引古事，叠用人名，直书成句"，其原因是："借典核以明博雅，假脂粉以见风姿，取现成以免思索。"（《忌填塞》）这种批评，针对了当日戏曲界的不良倾向，很有积极意义。在论音律、宾白、科诨等方面，也有些好的意见。

李渔的戏曲理论是前人经验和他自己实际经验的总结。他对戏曲的社会意义，还存在某些封建观点，因而对戏曲的内容问题认识不足；但关于戏曲艺术技巧的论述，确有一些独到的见解，对当时的戏曲界颇有影响。

"中国古代文论选读"全真巩固自测卷(二)参考答案

一、单项选择题

1. B

【师探解析】 出自《论语·阳货》:"子曰:小子;何莫学夫诗?诗可以兴,可以观,可以群,可以怨。迩之事父,远之事君;多识于草木鸟兽之名。""感发意志"为兴,从文学作品中"考见得失""观风俗之盛衰"为观,"群居相切磋",互相启发,互相砥砺为群,"怨刺上政"以促使政治改善为怨。展现了文学的社会作用。

2. A

【师探解析】《论语·为政》:"子曰:《诗三百》,一言以蔽之,曰:思无邪。"指的是儒家孔子把《诗三百》道德理论化,归结为"无邪",将全部作品说成为都符合他所宣扬的"仁""礼"等要求。

3. A

【师探解析】 西汉武帝时,刘安作《离骚传》,首先从思想内容方面肯定了《离骚》,认为义兼国风小雅,可与日月争光,司马迁同意他的论点,把它写入《史记·屈原传》而加以发挥,反复阐明屈原发愤抒情、存君兴国的用意。但到东汉时,班固提出了不同的看法。王逸这篇《楚辞章句叙》,推衍刘安之说,是针对班固而发的。

4. D

【师探解析】 陆机《文赋》:"诗缘情而绮靡。赋体物而浏亮。碑披文以相质。诔缠绵而凄怆。铭博约而温润。箴顿挫而清壮。颂优游以彬蔚。论精微而朗畅。奏平彻以闲雅。说炜晔而谲诳。"其中共涉及10种文体。

5. D

【师探解析】 在《诗品序》中,钟嵘认为<u>写作动机的激发,有赖于客观事物的感召</u>:"气之动物,物之感人,故摇荡性情,形诸舞咏。"

6. A

【师探解析】 关于文学的价值,在《典论·论文》中曹丕本着文以致用的精神,强调了文章(主要是指诗赋、散文等文学作品)是"经国之大业,不朽之盛事"(当然,他的所谓"经国大业",是封建阶级统治人民的事业。)把文学提到与事功并立的地位,并鼓励作家"不托飞驰之势"而去努力从事文学活动。

7. C

【师探解析】《与李生论诗书》的作者是司空图。注意区分:《与李空同论诗书》的作者是何景明。

8. D

【师探解析】《书黄子思诗集后》中原句为:"唐末司空图崎岖兵乱之间,而诗文高雅,犹有承平之遗风,其论诗曰:梅止于酸,盐止于咸,饮食不可无盐梅,而其美常在咸酸之外。"所以是引用了司空图《与李生论诗书》。

9. A

【师探解析】《岁寒堂诗话》作者为宋代张戒。

10. B

【师探解析】 出自陆游《论诗诗·示子遹》:"汝果欲学诗,工夫在诗外。"意思是真要学习写诗,还要有更深的学问,作诗的"工夫",在于诗外的实践锻炼。"君诗妙处吾能识,正在山程水驿中。"现实生活的经验,就是所谓"工夫在诗外"的具体内容,也是诗人所坚持的写诗原则。

11. B

【师探解析】 严羽以禅喻诗,故重在妙悟。其所谓悟,似有二义。一指第一义之悟,以汉、魏、晋、盛唐为师,而反对苏、黄诗风;一指透彻之悟,重在莹彻玲珑不可凑泊,于是除反对苏、黄诗风之外,再批判永嘉四灵的学唐风气。第一义之悟成为明代前后七子拟古主张之先声;而透彻之悟,成清代王士祯"神韵说"之所祖。

12. A

【师探解析】"老阮不狂谁会得,出门一笑大江横"中"老阮"指阮籍。

13. A

【师探解析】 刘大櫆认为"义理、书卷、经济者,行文之实;若行文自另是一事"。

14. D

【师探解析】 张炎在《词源》里特立"清空"一目,那是为不满吴文英词晦涩的作风而发的。他抬出姜夔作为"清空"的典范作家。

15. C

【师探解析】 周济以周邦彦、辛弃疾、王沂孙、吴文英四家分领一代。

16. B

【师探解析】"变"之一字,是袁宏道论诗的特点。蹈袭拟古与"穷新极变",是创作上两条不同的道路。明代复古派的诗论家未尝不谈变,如何景明、王世懋、胡应麟。但是复古派谈变,缺陷很大。袁宏道主张"信腔信口,皆成律度""古人之法,顾安可概哉?"冲破一切樊篱,显然要比何、王、胡的论"变"彻底得多。正因如此,何、王、胡的诗论与李梦阳、李攀龙等一味主张摹古的,只是复古派内部的分歧。而袁宏道的谈"变",矛头就直接指向了整个复古派。

17. B

【师探解析】 明代,尤其是明代中叶,在当时的社会历史下,民歌非常繁荣,这些作品技巧优美,引起文人的重视。从事民歌的整理和研究,成为当时进步文学工作者的新任务。冯梦龙所编纂的《童痴一弄·挂枝儿》和《童痴二弄·山歌》是他在这方面的贡献。

18. B

【师探解析】 关于词采,李渔主张贵显浅、重机趣、戒浮泛和忌填塞。"文章做与读书人看,故不怪其深;戏文做与读书人与不读书人同看,又与不读书之妇人小儿同看,故贵浅不贵深。"

二、填空题

19. **【师探解析】** 离骚

20. **【师探解析】** 超奇

21. 【师探解析】发纤秾于简古
22. 【师探解析】元稹
23. 【师探解析】欧阳修
24. 【师探解析】诗有别趣
25. 【师探解析】江西
26. 【师探解析】叶燮
27. 【师探解析】王士祯
28. 【师探解析】人间词话

三、名词解释

29. 【师探解析】
（1）出自《论语·雍也》，"子曰：质胜文则野，文胜质则史。文质彬彬，然后君子"。
（2）质指质朴，文指文采，彬彬形容质朴和文采搭配得当。
（3）表明孔子认为得当的质朴和文采相结合使人成为君子。

30. 【师探解析】
（1）建安为汉献帝（196—220）年号，建安风骨是指汉魏之际雄健深沉、慷慨悲凉的文学风格，是一种健康的内容和生动有力的语言形式的结合。
（2）代表作家有"三曹"和"七子"。
（3）建安时期的作品真实地反映现实的动乱和人民的苦难，抒发建功立业的理想和积极进取的精神；同时也流露出人生短暂、壮志难酬的悲凉幽怨，意境宏大，具有鲜明的时代特征和个性特征。

31. 【师探解析】
（1）是钟嵘在《诗品序》中对诗歌提出的要求，认为好的诗歌必须是有"滋味"的。
（2）诗的"滋味"是"指事造形，穷情写物，最为详切"。
（3）要达到这个要求，必须赋、比、兴并重，做到言近旨远，形象鲜明，有风力，有藻采，乃可耐人玩味，而感染力也强，这才是"诗之至也"。

32. 【师探解析】
（1）清末资产阶级改良派的文学理论与他们的政治改革主张相适应，在诗歌领域内掀起了"诗界革命"，实际上是改良运动。
（2）运动的发动在戊戌变法前两年，运动的中坚人物是谭嗣同、夏曾佑、梁启超诸人。他们提出"以旧风格含新境界"的主张，但在创作实践上大多以"堆积满纸新名词为革命"，其不彻底性决定了"诗界革命"不可能取得多大的成功。

四、简答题

33. 【师探解析】
（1）孔子被称为儒家的创始人，他特别强调文和道德的联系，提出"有德者必有言"的看法。
（2）他还认为诗和道德修养有不可分割的关系，《诗三百》是一部文学作品，但他在和子贡、子夏讨论其中某些篇章时，把文艺作品道德理论化。
（3）他还进一步把《诗三百》归结为"无邪"，将全部作品说成都符合他所宣扬的"仁"

"礼"等要求。《诗三百》在儒家心目中，主要成了伦理道德修养的教科书。

34.【师探解析】

墨子从"尚用""尚质"的观点出发，提出"非乐"的主张：他在《非乐上》中说明统治者的音乐享受，从乐器设备到音乐演奏，都是从剥夺民财民力而来，对人民的生活和生产都很不利。他还进一步指出，音乐艺术的享乐，无论是对于从事政治活动的统治者，还是对于从事劳动生产的被统治者，都没有任何益处，只能带来损失。他的结论是："今天下士君子，请将欲求兴天下之利，除天下之害，当在乐之为物，将不可不禁而止也。"

35.【师探解析】

在继承与创新的问题上，皎然强调的是"变"。他以为"反古曰复，不滞曰变。若唯复不变，则陷于相似之格"。"后辈若乏天机，强效复古，反令思扰神沮。"因此，他主张自立新意，"无有依傍"，要复古而能"通于变"。这些见解也有可取之处。

但同时也应指出，他更多的是从诗歌形式的发展角度看问题，他肯定了"沈、宋复少而变多"，批评了"陈子昂复多而变少"，忽视了诗歌社会内容的重要性，因而又是片面的。

36.【师探解析】

（1）学古的方法：何景明以为应该是"领会神情""不仿形迹"。所谓"以有求似"，也就是说，由表及里，因内符外，不仅得其形貌，同时要得其神情。

（2）学古与创新的关系：何景明以为学古由"领会神情"入手，则学古只是入门的途径，而不是终极的目的，从古人入，必须从古人出。所谓"舍筏则达岸矣，达岸则舍筏矣"，意思是说，无筏不能登岸，登岸就必须舍筏；舍筏才说明得登彼岸，否则还是飘浮在中流而无所归宿。

（3）学古的目的是"自创一堂室，一户牖，成一家之言"。

37.【师探解析】

曲家多不注意宾白，王骥德认为不能轻视。他指出白不易作，"其难不下于曲"。并提出：一是定场白须稍露才华，不可深晦；二是对口白须明白简直，不可太文；三是白须音调铿锵，"却要美听"；四是白要多少适宜，"多则取厌，少则不达"。他既说明了宾白的写法，同时又强调了宾白在戏剧中的重要地位。

五、论述题

38.【师探解析】

《时序》是《文心雕龙》的第四十五篇。这是一篇关于文学史方面的专门论文，它集中地反映了刘勰的文学史观，比较全面地叙述了自陶唐至齐代的文学发展过程。

作为刘勰的文学史观的重要内容之一是：社会现实影响、决定文学的发展；时代的政治，必然要反映在文学创作之中。所谓"歌谣文理，与世推移"、"文变染乎世情，兴废系乎时序"。这一观点，贯穿在全文的具体论述中。从这一观点出发，刘勰叙述了每个时代的文学，举出一些代表作家或代表作品，来说明每个历史时期的文学面貌和特色。例如，在叙述建安文学时，指出在"世积乱离""风衰俗怨"的时代条件下，产生了"雅好慷慨""梗概多气"的优秀作品。

文学的发展是受社会现实制约的。同时，文学本身有自己内在的发展规律，即前后继承的关系。这一观点在本文中表现得也很明显。例如，在叙述大放光彩于战国时代的《楚辞》时，一方面指出它受到诸子尤其是纵横家的影响，所谓"炜晔之奇意，出乎纵横之诡俗"；另一方面,指出它在汉代所产生的巨大影响,所谓"爰自汉室,迄至成哀,虽世渐百龄,辞人九变,而大抵所归,祖述楚辞,灵均余影,于是乎在"。

39. 【师探解析】

王夫之关于诗歌情景交融艺术境界的认识可做如下分析:

在《夕堂永日绪论》中,他说:"烟云泉石,花鸟苔林,金铺锦帐,寓意则灵。"所谓"寓意",也就是融情入景,必须是"己情之所自发"。他以为在诗歌里任何客观景物的描写,都包括诗人主观上的感受。这主观上的感受又是从哪里来的呢?则"身之所历,目之所见,是铁门限"。有了真实的体验,融情入景,情景相生;主和宾"乃俱有情而相浃洽",才能使客观景物成为"人化的自然"。王维不到终南山,杜甫不登岳阳楼,就不可能写出"阴晴众壑殊""乾坤日夜浮"这样的诗句。这类诗不仅仅是摹写山深水阔的形状,而且是诗人根据"身之所历,目之所见",描绘出一时的情景。景中有情,它就是富有生命活力的景。"寓意则灵",其真实意义,乃在于此。反之,没有真实的体验,徒然役心摭索,纵使极其工妙,也还是像"隔垣听演杂剧",终于隔了一层。他批评贾岛、许浑、梅尧臣等人的诗,都是从这个论点出发的。

情景互相触发,"妙合无垠";而就某些具体作品的境界来说,则有"情中景""景中情"的区别。他不但精密地剖析了情和景的关系,而且进一步指出:"不能作景语,又何能作情语。"既说明了主观与客观的先后关系,也说明了"以写景之心理言情",才能曲尽情态的问题。

由于他是从情景的关系来论诗,因此,他把"势"看作"意中之神理",指的是一种"宛转屈伸"的意境,而不是如一般所理解的"气势"之"势"。

怎样才能达到情景交融的境界?他以为是"神理凑合时,自然拾得"。因此,他特别强调灵感的作用。所谓"才着手便煞,一放手又飘忽去",那就是说,要善于把握一刹那间的感觉,不即不离地去着笔。他主张自出胸臆,反对建立门庭。这些意见,都能使人耳目一新;特别是在标榜门户的明代,他大胆地抨击七子、竟陵派,更有其现实意义。

40. 【师探解析】

曹雪芹《红楼梦》第一回中体现的文学思想大致如下:

首先,曹雪芹对当时的"才子佳人书"痛下针砭。他认为那些作品"胡牵乱扯,忽离忽遇,满纸才人淑女",尽落熟套。而小说语言"开口即者也之乎,非文即理",也是一派旧腔。这些"千部共出一套"的作品在艺术上毫无可取之处,在思想内容上"涉于淫滥""不近情理",亦无可称道之处。曹雪芹揭示他自己的创作意图是"不借此套""反倒新奇别致",其目的则是"令世人换新耳目"。在这里,曹雪芹实际上提出了小说的"创新"要求,具有一反流俗的意义。而他的《红楼梦》确实起到使人耳目一新的作用,更使他的理论具有深刻的影响。

其次,在第一回里,曹雪芹虽以虚构的形式说了石头故事的由来,但不愿人们把他的小说理解为向壁虚构的作品。他反复强调这是"亲自经历的一段陈迹故事""至若离合悲欢,兴衰际遇,则又追踪摄迹,不敢稍加穿凿",更是以生活真实作为基础的。当然,尊重生活的真实并不是要求小说创作成为生活的实录或作者的自传。曹雪芹在开宗明义第一回里就写道,作者自云"将真事隐去""用假语村言敷演出一段故事来"。这就清楚地说明了,小说创作是在生活经验的基础上进行虚构,"取其事体情理",进行艺术概括而成的。

《红楼梦》的另一个重要特点是"言情"。曹雪芹在第一回里自称他的小说是"大旨谈情",也就是认为小说创作的主要任务,不是描写"淫邀艳约,私订偷盟"的陈套故事,而在于塑造人物的性格，表达人物的思想感情。而这一点，恰恰是《红楼梦》的突出成就。曹雪芹还进一步宣称，他的作品"记述当日闺友闺情，并非怨世骂时之书"；"大旨谈情"，而"毫不干涉时世"。这恰恰从另一方面透露了他的"言情"，具有极大的社会作用。"满纸荒唐言，一把辛酸泪。都云作者痴，谁解其中味。"这固然是希望通过"用辛酸泪哭成此书"，会激起读者感情上的共鸣，也是希望读者能理解它对现实的批判意义。

"中国古代文论选读"全真巩固自测卷（三）参考答案

一、单项选择题

1. C

【师探解析】"文人相轻"指的是文人互相轻视，"暗于自见"的文人，"各以所长，相轻所短"。这是曹丕在《典论·论文》中所指斥的一种错误的文学批评者的态度。

2. A

【师探解析】汉代班固《离骚序》："今若屈原，露才扬己，竞乎危国群小之间，以离谗贼。"指显露才能炫耀自己，是班固对屈原的批评。

3. B

【师探解析】"滋味说"是钟嵘在《诗品序》中对诗歌提出的要求，钟嵘认为好的诗歌必须是有"滋味"的。诗的"滋味"是"指事造形，穷情写物，最为详切"。要达到这个要求，必须赋、比、兴并重，做到言近旨远，形象鲜明，有风力，有藻采，乃可耐人玩味，而感染力也强，这才是"诗之至也"。

4. A

【师探解析】白居易从文学同现实的关系着眼，认为文学不仅消极地反映社会生活，而且应该和当前的政治斗争相联系，积极干预生活。基于这样的认识，他在《与元九书》中提出了"文章合为时而著，歌诗合为事而作"的明确结论。

5. C

【师探解析】原句出自《文心雕龙·时序》，"魏武"指魏武帝曹操。

6. C

【师探解析】《录鬼簿》对"前辈已死名公，有乐府行于世者"以董解元列首位；"前辈已死名公才人，有所编传奇行于世者"以关汉卿列首位。

7. C

【师探解析】"王介甫、曾子固，文章似西汉，若作一小歌词，则人必绝倒，不可读也"谓不可以文入词。

8. B

【师探解析】"尔曹身与名俱灭，不废江河万古流"前一句是"王杨卢骆当时体，轻薄为文哂未休"。"王杨卢骆"即初唐四杰王勃、杨炯、卢照邻、骆宾王。"尔曹身与名俱灭"批判了当时哂笑四杰的人，"不废江河万古流"肯定了四杰的文学成就。

9. B

【师探解析】皎然在《诗式》提出了取境的问题。

10. A

【师探解析】当南宋初期，苏黄诗风风靡一时的时候，首先正面提出反对意见的是张戒的《岁寒堂诗话》。

11. B

【师探解析】《闲情偶寄·立主脑》原文："是'白马解围'四字，即作《西厢记》之主脑也。"

12. A

【师探解析】"自郐",出自《左传》季札的故事,季札到鲁观乐,对各国的乐歌都有评论,但谓"自郐以下无讥焉",意谓郐风以下,不足讥议。

13. A

【师探解析】潘岳,字安仁。

14. B

【师探解析】苏轼的《书黄子思诗集后》从创造的角度以书法喻诗:"予尝论书,以谓钟、王之迹,萧散简远,妙在笔画之外。"

15. A

【师探解析】王骥德《曲律》中表达的戏曲理论主张有:首先,他主张戏剧作家必须<u>广泛学习国风</u>、《离骚》,以及乐府诗词、戏曲各方面的优秀遗产,<u>丰富文学修养</u>;其次,关于戏剧结构,他主张贵剪裁、贵锻炼、突出重点、抓住头脑,俱为卓见;再次,<u>曲家多不注意宾白,王骥德认为不能轻视</u>;最后,他认识到了戏剧的社会教育作用,要求作品要重视内容;但他所强调的内容是有关风化,因此,以《琵琶记》为范例,而<u>目《拜月》为宣淫</u>,这就表现了他的封建观点。而<u>对于临川、吴江二派,他也能取长补短</u>,持论公允。

16. B

【师探解析】袁于令在《西游记题词》里阐明幻与真的关系。他认为"文不幻不文",没有虚构就没有文学,并提出"极幻之事,乃极真之事",透露了《西游记》的幻想的情节与生活真实之间的关系。然而,对于这一方面,他并没有做出详细的论述。

17. D

【师探解析】周济《宋四家词选目录序论》"夫词,非寄托不入,专寄托不出"意谓词的创作,既要有寄托,又不能单凭寄托。

18. A

【师探解析】《古谣谚》为现存搜集古代谣谚最为完备的书。

二、填空题

19. 【师探解析】乐而不淫

20. 【师探解析】成一家之言

21. 【师探解析】诗品

22. 【师探解析】韩愈

23. 【师探解析】陶渊明、谢灵运

24. 【师探解析】钟嗣成

25. 【师探解析】经济

26. 【师探解析】谁解其中味

27. 【师探解析】诗界革命

28. 【师探解析】焦循

三、名词解释

29.【师探解析】

（1）出自《尚书·尧典》："诗言志，歌永言，声依永，律和声。""诗言志"意为诗是用来表达人的意志的。

（2）"诗言志"是早期的诗歌理论，概括地说明了诗歌表现作家思想感情的特点，涉及诗的认识作用与教育作用。

（3）朱自清先生认为这是中国历代诗论的"开山的纲领"（《诗言志辨序》），对后来的文学理论有着长久的影响。

30.【师探解析】

（1）"文以明道"是柳宗元《答韦中立论师道书》的核心，也是作者文论的核心。

（2）首先，主张文以明道，不苟为炳炳烺烺，务采色、夸声音以为能事；其次，为文的目的既然在于明道，就不敢出以轻心、怠心、昏气、矜气。

31.【师探解析】

（1）《词源》是张炎晚年的著作，上卷论乐律，下卷论词的赏鉴和做法。

（2）张炎在《词源》中提出评词的标准有三：一、意趣高远；二、雅正；三、清空。

（3）在词乐未失坠的时候，《词源》中记录下了许多歌词的文献，这是张炎在词学上的一大贡献。

32.【师探解析】

（1）出自李渔《闲情偶寄》。

（2）"审虚实"论述了戏曲的艺术真实问题并初步讨论到古今题材的处理问题，提出了"传奇无实，大半皆寓言耳"的重要理论，把艺术真实与生活真实、历史真实区别开来，批驳了"古事多实"的流行说法，但也讲究不可任意改动或者捏造而与众情相违。

四、简答题

33.【师探解析】

（1）《毛诗序》对诗歌的特征、诗歌与政治的关系、诗的分类和表现手法的论述，贯穿着一个中心思想：诗歌必须为统治阶级的政治服务。

（2）它把这种思想集中突出地表现在关于诗歌的社会作用的论述里："上以风化下，下以风刺上"，"故正得失，动天地，感鬼神，莫近于诗。"这种理论在政治上表达了统治阶级对诗歌的要求，在思想上则是《论语》的"思无邪""兴、观、群、怨""事父事君说"的进一步发展。在我国长期封建社会里，不少人以此作为诗歌创作和批评的准则，对诗歌的创作有着长远的影响。

34.【师探解析】

（1）朝华，谓古人已用之意与辞，如花之已开，宜谢而去之。

（2）夕秀，谓古人未述之意与辞，如未发之花，宜开而用之。

（3）"朝华""夕秀"是指一种新的境界、新的技巧，兼指意与辞两方面。

35.【师探解析】

（1）文中把文和辞分开来讲，文指作文的本意，辞指篇章之美。作文的本意在于明道，而所谓道，则是可以施之于实用的经世之学。

(2) 既然文以实用为主，因此，在内容与形式的关系上，他明确指出必须重视内容。他认为文之有辞，"犹器之有刻镂绘画"。但在重视内容的前提下，形式也是重要的，不过两者之间有主次的关系。

(3) 他认为古文家虽然夸谈文以明道，但其真实的心得则在文而不在道。但他也看到了道学家的矫枉过正，重道轻文，所以也不完全否认"巧且华"的作用。

36.【师探解析】

总括李清照《论词》对词的见解和要求，有以下几点：① 高雅；② 浑成；③ 协乐；④ 典重；⑤ 铺叙；⑥ 故实。

从北宋末年的词坛趋势可以看出《论词》是足以代表当时多数人的主张的。因为当柳永、苏轼两家的词风和传统词风发生矛盾的时候，一部分词人对柳、苏都表示了不同程度的不满。这篇词论提出词"别是一家"的主张，就是针对苏轼"以诗为词"的做法而发的。李清照主张歌词应分五音、五声、六律、清浊、轻重，是沿袭北宋文人词的传统的说法，她以此作为词"别是一家"不同于诗的佐证。

37.【师探解析】

(1)《书汤海秋诗集后》一文倡"诗与人为一"说，提出一个崭新的论诗标准——"完"："何以谓之完也？海秋心迹尽在是，所欲言者在是，所不欲言而卒不能不言在是，所不欲言而竟不言，于所不言求其言亦在是。要不肯挦扯他人之言以为己言，任举一篇，无论识与不识，曰：此汤益阳之诗。"在这里，龚自珍已经非常明确地指出，诗歌应该鲜明地烙下作者自己性格的标记，做到诗如其人。

(2) "完"也就是"达"，是要求作家把自己在封建压抑下"所欲言"的东西和"所不欲言而卒不能不言"的东西统统表现出来，并且让读者能够"于所不言求其言"，只有这样才能说得上是"完"。

(3) 而要做到"达"与"完"，就必须"立其诚"，专心抒发真情实感，"要不肯挦扯他人之言以为己言"。

五、论述题

38.【师探解析】

陆机对文学创造过程的系统论述如下：

<u>陆机认为，进行文学创作必须观察万物、钻研古籍和怀抱高洁的心情。</u>观察万物，可以丰富知识；钻研古籍，可以吸取间接经验，学先士之盛藻，得才士之用心，以提高自己的写作技术。至于怀抱高洁的心情，即所谓怀霜之心、临云之志，在创作过程中也发挥着巨大的作用。有了这三个方面的准备以后，要进入创作过程，还必须到现实生活中去体验："遵四时以叹逝，瞻万物而思纷。悲落叶于劲秋，喜柔条于芳春。"文以情生，情因物感，才是创作过程的起点。

<u>有了创作的要求，接着运用艺术的想象</u>："精骛八极，心游万仞"；"浮天渊以安流，濯下泉而潜浸"；"观古今于须臾，抚四海于一瞬"。艺术想象驰骋于穷高极远的空间，突破上下古今的限制，然后使得"情曈昽而弥鲜，物昭晰而互进"，感情更加鲜明，物象更加清晰。于是进入写作过程，在"抱景者咸叩，怀响者毕弹"的众多形象中，作者进行了选择和概括："或固枝以振叶，或沿波而讨源；或本隐以之显，或求易而得难"，"虽离方而遯员，期穷形而尽相"，对艺术素材进行由此及彼、由表及里的改造工作。最后，作者创造出具体而概括的形象："函绵邈于尺

素，吐滂沛乎寸心。""笼天地于形内，挫万物于笔端。"

陆机用诗一般的语言，生动而具体地描绘了艺术创作的全过程。这个过程从诗人感物生情到穷情写物，自始至终是在具体的形象而不是在抽象的概念中进行的。尽管陆机没有用形象思维这个词，却通过对构思的形象化描写，表达了一种思想：艺术创作过程实质上是形象思维过程，从而触及艺术创作中一个带有普遍规律性的问题。

39.【师探解析】

《文心雕龙·神思》的主要文学思想和主张如下：

《神思》列为创作论之首，具有总纲性质，涉及创作论各方面问题，而作为这些问题的核心则是艺术的想象，《神思》就是一篇完整的艺术想象论。

《神思》开宗明义就对想象下了明确定义。刘勰借用"形在江海之上，心存魏阙之下"这句，说明想象是身在此而心在彼，可以由此及彼，不受身观局限的艺术思维活动。事实上，这也就是指明文学创作不能拘泥于现实，专构目前所见，从事刻板模拟，而应容许虚构的存在。他有时把这一点做了渲染和夸大。不过，总的说来，他并没有把想象加以神秘化。

他认为想象不是来自凌虚蹈空的主观冥想，而是来自对客观物象的观察感受，从而把想象活动置于现实的基础之上。《神思》提出的"思理为妙，神与物游"，可以说是刘勰想象论的重要纲领。它一方面说明想象活动必须扎根于现实，一旦脱离了现实，想象活动也就失去了依据。这一点，在《神思》下文中有更明确的表白："视布于麻，虽云未贵，杼轴献功，焕然乃珍。"麻是原料，布是成品，这里以麻、布为喻，形象地说明了想象活动就是作家对现实生活素材进行艺术加工。这一见解，在当时是难能可贵的。另一方面，"神与物游"也说明了作者的思维活动是与具体物象结合在一起的，实际上就是形象思维。

刘勰继陆机之后，对艺术创作中这个带有普遍规律性的问题做了理论概括，在我国文学批评史上具有重要意义。

40.【师探解析】

《摩罗诗力说》反映鲁迅早期文艺思想：

<u>鲁迅在当时已明确认识文学是现实的反映</u>。在《拟播布美术意见书》中，他一方面说明艺术并不是什么神秘的东西，而是现实的再现；另一方面他又说明，艺术在再现现实的时候，并不是简单地抄袭或机械地模仿，而"当加改造"，只有经过作者的分析、加工、提炼，才能"美化"，成为具有典型意义的艺术作品。基于这种对艺术的现实主义观点，鲁迅特别强调文艺的社会功能，指出反映人生的"事实法则"、显示"人生的诚理"的文学，具有"为教示"的教育意义和"益人生"的社会作用，可以激励人们"自觉勇猛发扬精进"，去改造人生社会的"缺陷"，使人生社会"就于圆满"。

<u>青年鲁迅，作为一名战斗的民主主义者和爱国主义者，在当时民族危机日益加深的形势下，为了使文学成为改造人生社会、拯救祖国命运的政治斗争的武器，极力提倡反抗的、积极浪漫主义文学潮流，即所谓"摩罗诗派"</u>。他指出，摩罗诗派"立意在反抗，指归在动作"，"大都不为顺世和乐之音，动吭一呼，闻者兴起，争天拒俗，而精神复深感后世人心，绵延至于无已"。这就是说，这种积极浪漫主义的诗歌是紧密结合现实的，引导人们去反抗和战斗。推动社会发展的诗歌，是人间"最雄桀伟美"的声音。

<u>鲁迅当时考虑的中心问题是怎样才能使被压迫的人民起来反抗压迫者，怎样才能使中国走</u>

上革新和进步的道路。他以饱满的热情赞美摩罗派诗人,正是在于这派诗人的共同特点是"发为雄声,以起其国人之新生,而大其国于天下"。在摩罗派诗人中鲁迅最推崇拜伦。从鲁迅对拜伦的评价,可以看出他是要求诗人把"世之毁誉褒贬是非善恶""悉措而不理",去为"独立自由人道"而进行不倦的战斗,与虚伪的社会做不调和的斗争,并要求诗人把这种反抗精神贯彻到诗歌中,在作品中说出"真理"。

鲁迅进一步指出,文学所宣扬的反抗、斗争、个性解放等内容,并非仅仅是作家个人思想感情的表现,而且是民众心底的要求在作品中的反映;作家只是也必须是民众要求的代言者。与一般资产阶级革命者不同,鲁迅没有把民众看作愚蠢的和永远不会觉醒的群氓。同时,这里也反映了鲁迅对文学和民众关系的看法。在鲁迅看来,文学不是也不应该是脱离民众的东西;正是由于文学是民众所"心即会解"的,所以它才有振奋人心和改造社会的鼓舞力量。

鲁迅在介绍摩罗诗人的同时,深刻批判了封建文学和封建文学思想:"如中国之诗,舜云言志;而后贤立说,乃云持人性情,三百之旨,无邪所蔽。夫既言志矣,何持之云?强以无邪,即非人志。许自繇于鞭策羁縻之下,殆此事乎?"他还进一步指出,封建文学思想并不只是纯粹的文学观点,而正是"中国之治,理想在不撄"的政治思想在文学上的反映;封建的文学思想就是为了取消诗歌的战斗内容,使之成为"可有可无"的东西,以便维护封建统治,使统治者"子孙王千万世"。这种把对封建文学思想的批判和对封建政治思想的批判结合在一起的做法,在当时来说是十分可贵的,表现出鲁迅早期文学思想强烈的战斗精神。

"中国古代文论选读"全真巩固自测卷（四）参考答案

一、单项选择题

1. A

【师探解析】《论语·八佾》："子曰：《关雎》乐而不淫，哀而不伤。"

2. D

【师探解析】钟嵘《诗品序》原文："东京二百载中，唯有班固咏史，质木无文。"

3. B

【师探解析】《超奇》是《论衡》的第三十九篇，内容主要是对作家的品评，像这样关于作者的通论，《超奇》实开先河，因而可认为是文学批评中"作家论"的滥觞。

4. A

【师探解析】"平原兄弟"指陈思王曹植及其兄曹丕，曹植在建安十六年（211）曾被封为平原侯。

5. A

【师探解析】《神思》列为创作论之首，具有总纲性质，涉及创作论各方面问题，而作为这些问题的核心则是艺术的想象，《神思》就是一篇完整的艺术想象论。

6. B

【师探解析】陆机认为，艺术构思要发挥独创精神，所谓"谢朝华于已披，启夕秀于未振"。"朝华""夕秀"是指一种新的境界、新的技巧，是兼指意与辞两方面的。

7. D

【师探解析】李商隐"行道不系今古，直挥笔为文"，就是要求作家创作必须直抒胸臆，作品要有真情实感，有所感而发，而不是随人脚跟，人云亦云。

8. C

【师探解析】"今人嗤点流传赋，不觉前贤畏后生"的前一句是"庾信文章老更成，凌云健笔意纵横"。

9. B

【师探解析】陆游诗早年从江西派入手，曾拜曾几为师，曾几称他的诗"渊源殆自吕紫薇"。

10. C

【师探解析】《答李翊书》阐述了四个问题。其中第二点是，学文的途径，要道文合一，要善于学习前人的作品，而写作要有创造性，不论是内容或词句，都要务去陈言。

11. C

【师探解析】"文以明道"是柳宗元《答韦中立论师道书》的核心，主张文以明道，不苟为炳炳烺烺务采色夸声音以为能事，原文为"始吾幼且少，为文章以辞为工。及长，乃知文者以明道，是固不苟为炳炳烺烺，务采色、夸声音而以为能也"。

12. C

【师探解析】《论词》中"乃知别是一家，知之者少"作者为李清照。

13. C

【师探解析】语出黄遵宪《人境庐诗草自序》:"诗之外有事,诗之中有人。今之世异于古,今之人亦何必与古人同。"要求诗歌要反映时代现实,要表现作者的精神面貌。

14. D

【师探解析】黄庭坚,字鲁直。

15. B

【师探解析】"真诗只在民间"出自李开先《市井艳词序》:"故风出谣口,真诗只在民间。"在前后七子鼓吹"文必秦汉,诗必盛唐"的复古声中,明代弘治、万历间的诗文创作盛行盲目模拟古人的习气。李开先把眼光转向民间文学,从事传奇创作,他像王叔武一样,提出"真诗乃在民间"的意见,主张从民间创作中吸取营养,这对当时的剽拟文风具有极大的针砭作用。

16. C

【师探解析】由于强调小说和政治的关系,梁启超把小说的地位大大提高,认为"小说为文学之最上乘"。文中把小说这一文学体制的特征,它对读者的感染作用,归纳为"熏""浸""刺""提"四点。

17. C

【师探解析】在《红楼梦》第一回里,曹雪芹虽以虚构的形式说了石头故事的由来,但不愿人们把他的小说理解为向壁虚造的作品。他反复强调这是"亲自经历的一段陈迹故事","至若离合悲欢,兴衰际遇,则又追踪摄迹,不敢稍加穿凿",更是以生活真实作为基础的。当然,尊重生活的真实并不是要求小说创作成为生活的实录或作者的自传。曹雪芹在开宗明义第一回里就写道,作者自云"将真事隐去""用假语村言敷演出一段故事来"。这就清楚地说明了,小说创作是在生活经验的基础上进行虚构,"取其事体情理",进行艺术概括而成的。

18. C

【师探解析】叶燮《原诗》原文:"或问于余曰:诗可学而能乎?曰:可。曰:多读古人之诗,而求工于诗而传焉可乎?曰:否。"

二、填空题

19. 【师探解析】诗言志

20. 【师探解析】辞

21. 【师探解析】心存魏阙之下

22. 【师探解析】诗歌合为事而作

23. 【师探解析】钟嵘

24. 【师探解析】黄庭坚

25. 【师探解析】格即调之界

26. 【师探解析】夕堂永日绪论内编

27. 【师探解析】悼红轩

28. 【师探解析】以我观物

三、名词解释

29. 【师探解析】

(1) 出自《论语·八佾》:"子夏问曰:'巧笑倩兮,美目盼兮,素以为绚兮。'何谓也?子曰：绘事后素。"

（2）绘事即绘画，素即白底，绘事后素是说先有白底而后绘画，形容人先有美好品质，然后能够加以文饰。

30．【师探解析】

（1）"千部共出一套"是《红楼梦》第一回曹雪芹对当时的"才子佳人书"的针砭。

（2）他认为那些作品"胡牵乱扯，忽离忽遇，满纸才人淑女"，尽落熟套。而小说语言"开口即者也之乎，非文即理"，也是一派旧腔。

（3）这些"千部共出一套"的作品在艺术上毫无可取，在思想内容上"涉于淫滥""不近情理"，亦无可称道。

31．【师探解析】

（1）出自白居易《与元九书》："诗者：根情，苗言，华声，实义。"

（2）这是白居易对诗歌提出的要求，"情"和"义"作为根本和结果是指内容，"言"和"声"作为手段和过程是指形式，诗歌的内容和形式须有机统一。

32．【师探解析】

（1）花部指清代中叶昆曲以外的地方戏曲。

（2）焦循《花部农谭序》中："'花部'者，其曲文俚质，共称为'乱弹'者也，乃余独好之。'"花部语言通俗，妇孺能解，得到农叟渔父广大人民的喜爱，具有慷慨动人的特点。

四、简答题

33．【师探解析】

为了使文学发挥对政治的作用，墨子主张"言有三表"：

（1）"上本之于古者圣王之事"，是指言必有据，以古代圣王言行为准则。

（2）"下原察百姓耳目之实"，是说立言要从实际出发，以百姓的实际体验为依据。

（3）"废（发）以为刑政，观其中国家百姓人民之利"，强调立言著文要考虑客观上对于政治的实际效果。

34．【师探解析】

（1）学古文以立行为本，立言为表。"仁义之人，其言蔼如。"要获得文学上的成就，必须从道德修养入手。

（2）学文的途径，要道文合一，要善于学习前人的作品，而写作要有创造性，不论是内容或词句，都要务去陈言。

（3）学文要有坚定的信心，不以时人的毁誉为转移。深造自得，逐步演进，有一个长期曲折的过程，不能希望速成。

（4）写古文要以气为先。作者把"气"与"言"的关系比作水与浮物的关系。"气"是驾驭"言"的，所以强调"气盛则言之短长与声之高下者皆宜"。

35．【师探解析】

（1）钟嵘重视诗歌的群、怨，这就决定了他对诗歌的要求，认为好的诗歌必须是有"滋味"的。诗的"滋味"应该是"指事造形，穷情写物，最为详切"。"详"，指描写的细致；"切"，指描写的深刻。

（2）要达到这个要求，必须赋、比、兴并重，做到言近旨远，形象鲜明，有风力，有藻采，乃可耐人玩味，而感染力也强，这才是"诗之至也"。

（3）"滋味说"主要是强调文学作品的形象性特征。从重味的观点出发，钟嵘在诗歌形式上，并不赞成采用"文约"的四言和"文繁"的骚体，而极力主张五言，因为"五言居文词之要，是众作之有滋味者也"。

36．【师探解析】

（1）梅尧臣在《读邵不疑学士诗卷》里说："作诗无古今，唯造平淡难。""平淡"是梅所极力追求的艺术境界。所谓"平淡"，并不意味着平庸和浅易；恰恰相反，他是主张以极其朴素的语言和高度的写作技巧表现出作品的内容。

（2）这种"平淡"风格的特点在于：意在言外，耐人寻绎。如吃橄榄，从苦涩之中咀嚼出不尽的甘腴之味；要洗尽脂粉铅华，给人以"老树着花"的美感，使读者在体味之后感受到作品强烈的感染力。

37．【师探解析】

（1）小说主题。闲斋老人的《儒林外史序》揭示《儒林外史》的思想意义说："其书以功名富贵为一篇之骨。"《儒林外史》把知识分子对于功名富贵的态度作为区分他们的尺子和标准，深刻揭露功名富贵对知识分子的侵蚀和毒害，尖锐地抨击了以功名富贵为目的的科举制度，辛辣地鞭打了追求功名富贵的卑劣手段和可耻行径。序言把这一主旨揭示出来，并阐明它对全书的统率作用，也就是从理论上强调主题思想对小说创作的重要意义。

（2）小说艺术。序言特别提道，"摹写人物事故，即家常日用米盐琐屑，皆各穷神尽相"，也就是要注意细节描写的真实性。它要求"人之性格心术，一一活现纸上"。已涉及描写人物形象的深刻性和生动性相统一的问题。

五、论述题

38．【师探解析】

《神思》列为创作论之首，具有总纲性质，涉及创作论各方面问题，而作为这些问题的核心则是艺术的想象，《神思》就是一篇完整的艺术想象论。

《神思》开宗明义就对想象下了明确定义。刘勰借用"形在江海之上，心存魏阙之下"这句，说明想象是身在此而心在彼，可以由此及彼，不受身观局限的艺术思维活动。事实上，这也就是指明文学创作不能拘泥于现实，专构目前所见，从事刻板模拟，而应容许虚构的存在。他有时把这一点做了渲染和夸大。不过，总的说来，他并没有把想象加以神秘化。他认为想象不是来自凌虚蹈空的主观冥想，而是来自对客观物象的观察感受，从而把想象活动置于现实的基础之上。《神思》提出的"思理为妙，神与物游"，可以说是刘勰想象论的重要纲领。它一方面说明想象活动必须扎根于现实，一旦脱离了现实，想象活动也就失去了依据。这一点，在《神思》下文中有更明确的表白："视布于麻，虽云未贵，杼轴献功，焕然乃珍。"麻是原料，布是成品，这里以麻、布为喻，形象地说明了想象活动就是作家对现实生活素材进行艺术加工。这一见解，在当时是难能可贵的。另一方面，"神与物游"也说明了作者的思维活动是与具体物象结合在一起的，实际上就是形象思维。刘勰继陆机之后，对艺术创作中这个带有普遍规律性的问题做了理论概括，在我国文学批评史上具有重要意义。

39．【师探解析】

《诗归序》中所表达的竟陵派的诗歌理论主要内容如下：

第一，作者认为诗家途径之变有尽，而精神之变无穷，因此，向上一着，不当限于途径上取异，而应于精神上求变，亦即是应求古人之真诗。

第二，据此以衡量有明一代诗风的递变，前者是七子的学古，取径于极肤极狭极熟，其病为空廓；后者是公安所走的捷径，其病为俚僻。两者同样只是取异于途径，是不求古人真诗之过。

第三，指出选《诗归》以救弊的用意在于求古人真诗所在，即是求古人精神所在，有意识地避免走上肤熟与俚率的道路，而要使"心目为之一易"。怎样求真诗？作者是要"察其幽情单绪，孤行静寄于喧杂之中；而乃以其虚怀定力，独往冥游于寥廓之外"的。这就是作者所谓求变于精神。但作者所"覃思苦心，寻味古人之微言奥旨"，"潜思遐览，深入超出，缀古今之命脉，开人我之眼界"的，仍然是在"取异于涂径"。他评王季友诗说："每于古今诗文，喜拈其不著名而最少者，常有一种奇趣别理，不堕作家气。"所谓"奇趣别理"，与本文所谓"幽情单绪"是同一意义。这种精神，要通过覃思冥搜的途径来表达。《诗归》的宗趣在此。但并不能真的从诗歌的精神上求变，而只是偏尚于一种风格，其缺点也在此。

40. **【师探解析】**

叶燮《原诗》中指出作诗之本，就被表现的客观事物来说，可以用理、事、情三者来概括；就诗人的主观来说，则以才、胆、识、力四者为要。描写任何对象，都应该结合理、事、情进行艺术构思；而才、识、胆、力，"所以穷尽此心之神明"，一切的理、事、情"无不待于此而为之发宣昭著"。两者又是互相作用的。

理、事、情是存在于事物本身的，天地间任何事物都有其理、事、情可言，"三者缺一，则不成物"。"譬之一木一草，其能发生者，理也；其既发生，则事也；既发生之后，夭乔滋植，情状万千，咸有自得之趣，则情也。"理、事、情三者既无往而不在，又无往而不合，所以不应该把诗仅仅看成是抒情的，而把情和事、理割裂开来。他又说，理有可言之理，也有不可名言之理；事有可征实之事，也有不可施见之事。诗人的本领，诗歌的特点，就在于写出"不可名言之理，不可施见之事，不可迳达之情"。文中以杜甫诗"碧瓦初寒外""月傍九霄多"等句为例，说明诗歌的艺术构思是"幽渺以为理，想象以为事，惝恍以为情"。所谓"遇之于默会意象之表"，是不能胶柱鼓瑟以求之的。

就诗人的才、胆、识、力而言，他以为才外现而识内含，"识为体而才为用"。四者之中，以识为先。才和力，出之于禀赋，有高下、大小之分；识和胆则出之于锻炼，是后天的。识是一种辨别能力，无识则"理、事、情错陈于前，而浑然茫然，是非可否，妍媸黑白，悉眩惑而不能辨"。"识明则胆张"，胆张则才思流溢，横说竖说，左宜而右有。力是自成一家的表现。人各自奋其力，就不至依傍别人，而能自立门户了。

本于理、事、情以论诗，对于法的问题，叶燮有其一种比较正确的看法。他以为诗文之道，"先揆乎其理，揆之于理而不谬，则理得；次征诸事，征之于事而不悖，则事得；终絜诸情，絜之于情而可通，则情得。三者得而不可易，则自然之法立"。这"自然之法"，本于理、事、情。理、事、情变化万殊，不可能预设一定的程序作为表现的方法，运用之妙，在乎神而明之。从这个意义来说，法是活法，"活法为虚名，虚名不可以为有"，因为"作者之匠心变化，不可言也"。从另一个方面来说，法本于理、事、情，"不能凭虚而立"，则"法者定位也"，"定位不可以为无"。然而这定位之法，只不过是一种死法，如诗歌的声律、章句等，是初学之所能言的。因此，他极力反对为法所拘，指出泥于死法的人，正是由于"不能言法所以然"，亦即不知诗之本的缘故，其结果必然照本临摹，墨守成规，不能恰当地表现理、事、情，也不可能见出个人和时代的面目。

　　本于才、胆、识、力以论诗，而以识为主，文中强调指出诗之工，"非就诗以求诗"，根本问题在于诗人的胸襟。他把胸襟比作建造屋宇的基础，而学习古人，加强艺术修养，则是材料的累积。"有胸襟，然后能载其性情智慧、聪明才辨以出，随遇发生，随生即盛。"这样，匠心自出，材料的运用也就各得其宜了。由于着眼于诗人的胸襟，所以反对模拟，反对因袭，主张在继承传统之中不断创新。

"中国古代文论选读"全真巩固自测卷(五)参考答案

一、单项选择题

1. A

【师探解析】《尚书·尧典》原文:"诗言志,歌永言,声依永,律和声。八音克谐,无相夺伦,神人以和。"

2. C

【师探解析】早在西汉武帝时,刘安作《离骚传》,首先从思想内容方面肯定了《离骚》,认为义兼国风小雅,可与日月争光,司马迁同意他的论点,把它写入了《史记·屈原传》而加以发挥,反复阐明屈原发愤抒情、存君兴国的用意。但到东汉时,班固提出了不同的看法。王逸的《楚辞章句序》推衍刘安之说,是针对班固而发的。

3. C

【师探解析】王充《论衡·超奇》的内容主要是对作家的品评,像这样关于作者的通论,《超奇》实开先河,因而可认为是文学批评中"作家论"的滥觞。

4. A

【师探解析】早在西汉武帝时,刘安作《离骚传》,首先从思想内容方面肯定了《离骚》,认为义兼国风小雅,可与日月争光。

5. B

【师探解析】陈子昂《与东方左史虬修竹篇序》原文:"仆尝暇时观齐、梁间诗,彩丽竞繁,而兴寄都绝,每以永叹。"

6. D

【师探解析】"百经万书"这里的"经",并非专指儒家的经典,而是包括佛、道诸家之书在内。

7. B

【师探解析】"故思理为妙,神与物游。""神"指作者的想象;"物"指事物的形象;"游"指一起活动。意思是艺术构思的妙用在于想象活动与事物的形象紧密结合,说明了作者的思维活动是与具体物象结合在一起的。

8. A

【师探解析】"三才"指天、地、人。

9. B

【师探解析】明代七子派的拟古诗潮震荡一世以后,诗道日趋于穷。穷则变,公安派出,就张变古的旗帜以与复古派抗衡。

10. B

【师探解析】《录鬼簿》对"前辈已死名公,有乐府行于世者"以董解元列首位;"前辈已死名公才人,有所编传奇行于世者"以关汉卿列首位。

11. B

【师探解析】王夫之《夕堂永日绪论内编》原文:"不能作景语,又何能作情语邪?"

12. B

【师探解析】司空图《与李生论诗书》"韵外之致"意思是说在语言文字之外，别有韵味。司空图认为好诗必须有"韵外之致"，给读者留下联想与回味的余地，从而达到"思与境偕"的艺术"诣极"。

13. B

【师探解析】《书汤海秋诗集后》是龚自珍的要求个性解放在文学理论方面的体现。文章倡"诗与人为一"说，提出一个崭新的论诗标准——"完"。作者认为，像李白、杜甫、韩愈、李贺、李商隐、吴梅村等著名诗人，"皆诗与人为一，人外无诗，诗外无人，其面目也完"。

14. C

【师探解析】《曲律》的作者为王骥德。

15. B

【师探解析】《红楼梦》第一回中曹雪芹对当时的"才子佳人书"痛下针砭。他认为那些作品"胡牵乱扯，忽离忽遇，满纸才人淑女"，尽落熟套。而小说语言"开口即者也之乎，非文即理"，也是一派旧腔。这些"千部共出一套"的作品在艺术上毫无可取，在思想内容上"涉于淫滥""不近情理"，亦无可称道。

16. A

【师探解析】由于强调小说和政治的关系，梁启超把小说的地位大大提高，认为"小说为文学之最上乘"。

17. D

【师探解析】刘大櫆在桐城派古文理论的发展中，是承前启后的人物，少游方苞门，传其古文义法，姚鼐继起，世称为方、姚、刘。

18. B

【师探解析】王士禛是"神韵说"的倡导者，"神韵说"是他诗论的核心。

二、填空题

19. 【师探解析】思无邪

20. 【师探解析】曹丕

21. 【师探解析】思接千载

22. 【师探解析】赋体物而浏亮

23. 【师探解析】钟惺

24. 【师探解析】与李生论诗书

25. 【师探解析】论词

26. 【师探解析】王世贞

27. 【师探解析】江盈科

28. 【师探解析】文字著于竹帛

三、名词解释

29. 【师探解析】

（1）出自《论语·八佾》："子谓《韶》，尽美矣，又尽善也。谓《武》，尽美矣，未尽善也。"美指声音动听，善指内容妥善。

（2）孔子认为《韶》尽善尽美，对于《韶》推崇之至，反映出他复古守旧的倾向。

30. 【师探解析】
（1）《与东方左史虬修竹篇序》中的"汉魏风骨"，即钟嵘《诗品序》所说的"建安风力"。
（2）指的是建安时期那种健康的内容和生动有力的语言形式的结合。

31. 【师探解析】
（1）出自黄庭坚《答洪驹父书》："古之能为文章者，真能陶冶万物，虽取古人之陈言入于翰墨，如灵丹一粒，点铁成金也。"
（2）黄庭坚主张巧妙运用前人作品中的佳句善字，放在自己的作品中，这样那些佳句善字就会像灵丹一样，使自己的作品由铁被点化为金子。

32. 【师探解析】
（1）"真诗乃在民间"即"真诗只在民间"，出自李开先《市井艳词序》："故风出谣口，真诗只在民间。"
（2）在前后七子鼓吹"文必秦汉，诗必盛唐"的复古声中，明代弘治、万历间的诗文创作盛行盲目模拟古人的习气。李开先把眼光转向民间文学，从事传奇创作，他像王叔武一样，提出"真诗乃在民间"的意见，主张从民间创作中吸取营养，这对当时的剽拟文风具有极大的针砭作用。

四、简答题

33. 【师探解析】
（1）"子曰：《关雎》乐而不淫，哀而不伤。"这里"淫"指过分，展现了孔子对中和之美的重视，所谓中和之美是孔子哲学理论上的中庸之道在文艺思想上的反映，这种思想直接导致了后来以"温柔敦厚"为基本内容的"诗教"的建立。
（2）崇尚中和之美的孔子对不符合这一要求的民间乐曲采取轻视、排斥的态度，反映出他复古守旧的倾向。

34. 【师探解析】
（1）一是"贵远贱近，向声背实"，指斥了贵远贱近，亦即尊古卑今的观点，这并不是曹丕的创见。
（2）一是"暗于自见，谓己为贤""文人相轻，自古而然""各以所长，相轻所短"，这是曹丕的新论。曹丕根据对不同的文气、文体的认识，说明各个作家作品各有短长。"暗于自见"的人，必然"各以所长，相轻所短"，不可能产生正确的文学批评。

35. 【师探解析】
诗之法有五：曰体制，曰格力，曰气象，曰兴趣，曰音节。

36. 【师探解析】
"文以明道"是柳宗元《答韦中立论师道书》的核心，也是他文论的核心。
（1）主张文以明道，不苟为炳炳烺烺，务采色、夸声音以为能事。
（2）谈到为文的目的既然在于明道，就不敢出以轻心、怠心、昏气、矜气，这跟韩愈所谓"迎而距之，平心而察之，其皆醇也，然后肆焉。虽然，不可以不养也"（《答李翊书》）有一致之处。

37. 【师探解析】

(1) 第一期:"前辈已死名公才人,有所编传奇行于世者。"

(2) 第二期:"方今已亡名公才人余相知者""及已死才人不相知者"。

(3) 第三期:"方今才人相知者"及"方今才人闻名而不相知者"。

五、论述题

38. 【师探解析】

赋是汉代一种新兴的文学体制,《楚辞》开汉赋之先河,从艺术形式的传统继承关系来说,屈原为辞赋家不祧之宗,这是大家都承认的。关于屈原作品所表现的政治思想,却成为论争的焦点。

早在西汉武帝时,刘安作《离骚传》,首先从思想内容方面肯定了《离骚》,认为义兼国风小雅,可与日月争光,司马迁同意他的论点,把它写入了《史记·屈原传》而加以发挥,反复阐明屈原发愤抒情、存君兴国的用意。但到东汉时,班固提出了不同的看法。王逸的《楚辞章句序》推衍刘安之说,是针对班固而发的:文中着重论述屈原的高尚品质,他"进不隐其谋,退不顾其命"地对待现实的积极态度,揭穿班固所强调的"明哲保身"之义,实际上是"婉娩以顺上,逡巡以避患"苟合取容的思想。所有这一切,都围绕一个问题,即如何正确地理解和评价屈原作品的思想性。在王逸看来,产生在黑暗时代里的文学,其社会意义和教育作用就在于怨和刺。"怨主刺上",见于《诗三百篇》,态度较之屈原更为激烈,而"仲尼论之,以为大雅"。屈原"依诗人之义而作《离骚》,上以讽谏,下以自慰"。《离骚》所抒写的"愤懑"之情,正表现了屈原政治上的坚定性,是无可非议的。

39. 【师探解析】

《书汤海秋诗集后》是龚自珍的要求个性解放在文学理论方面的体现。本文倡"诗与人为一"说,提出一个崭新的论诗标准——"完":作者认为,像李白、杜甫、韩愈、李贺、李商隐、吴梅村等著名诗人,"皆诗与人为一,人外无诗,诗外无人,其面目也完"。什么叫"完"?他在《病梅馆记》中做了形象的说明。他说苏、浙之人植梅,往往喜欢斫直、删密、锄正,以欹、疏、曲为美。实际上,这些经过人力加工的梅花,"皆病者,无一完者"。他"誓疗之""必复之全之",而治疗的方法则是"纵之、顺之,毁其盆,悉埋于地,解其棕缚"。由此可见,龚自珍所谓"完",实际上就是保全梅花的天然生机,让它顺着自己的本性自由生长。而他要求诗的"完",则是要求摆脱束缚,充分表现诗人的个性。所以他在《书汤海秋诗集后》中说:"何以谓之完也?海秋心迹尽在是,所欲言者在是,所不欲言而卒不能不言在是,所不欲言而竟不言,于所不言求其言亦在是。要不肯挦扯他人之言以为己言,任举一篇,无论识与不识,曰:此汤益阳之诗。"在这里,龚自珍已经非常明确地指出,诗歌应该鲜明地烙下作者自己性格的标记,做到诗如其人。作者在《识某大令集尾》中说:"文章虽小道,达可矣,立其诚可矣。""完"也就是"达",是要求作家把自己在封建压抑下"所欲言"的东西和"所不欲言而卒不能不言"的东西统统表现出来,并且让读者能够"于所不言求其言",只有这样才能说得上是"完"。而要做到"达"与"完",就必须"立其诚",专心抒发真情实感,"要不肯挦扯他人之言以为己言"。

龚自珍强调诗歌应当完整地表现个性,在当时是一种相当进步的理论。程朱理学的长期统治,使得封建社会的泯灭个性造成了"万马齐喑"的局面,桐城派又竭力提倡正统观念,维护程朱理学的统治地位。龚自珍如此强调个性，正是萌芽的民主主义思想在文艺理论上的表现。

40. **【师探解析】**

刘大櫆《论文偶记》中阐述的有关古文理论如下：

首先，他认为"义理、书卷、经济者，行文之实；若行文自另是一事"。这就是说，文章的思想内容虽然与艺术形式有密切的关系，思想是居于首要的地位，但艺术本身有相对的独立意义。就行文而言，他认为"古人文章可告人者唯法耳"；然文章"无一定之律，而有一定之妙"，艺术的深广含义，绝不仅仅停留在法度上。即使于义理以求法度，也还只是法度而已。所以说："专以理为主者，则犹未尽其妙也。"由于这"一定之妙"，"可以意会，而不可以言传"，因此，他论文就重在艺术的体会。

其次，从艺术方面着眼，强调艺术上的体会，于是他拈出"神气"作为论文的极致。"神"和"气"分开来讲，"气"在更多的地方，可以说，是指语言的气势；而"神"则是"气之精处"，是形成一种独特风格不可少的东西，亦即作者性格特征在艺术上完满而成熟的表现。离开了"神"而言"气"，"则气无所附，荡乎不知其所归"，不免流于虚矫、矜张、浮滑和浅易。故曰："神者气之主，气者神之用。""神为主，气辅之。"他认为："古人文字最不可攀处，只是文法高妙。"这高妙的文法，正是指以"神"运"气"，以"气"行文，不恃法度而又不离法度的境界。这样，虽不言法度，而法度自在其中，故云："神者，文家之宝。"他说文贵奇、贵高、贵大、贵远、贵简、贵变、贵瘦、贵华、贵参差，都是从艺术方面着眼，在以神气为极致的前提下立论的。

再次，以"神气"论文，毕竟太抽象了，于是他指出了于音节以求神气，于字句以求音节。文学是语言的艺术，人的思想感情是有激昂、平静和起伏的，发为声音，就会有抗坠抑扬的自然节奏。所以说："神气不可见，于音节见之。"声音的符号是文字，散文句式结构的特点在于长短相间、错综配合，以表达作者的语气和神情；而汉字异音同义的又很多，更充分地提供了调声以有利的条件。所以说："音节无可准，以字句准之。"字句、音节、神气，由表及里，由粗入精，从具体到抽象，这样，以神气论文，就不会踏入玄虚了。韩愈《答李翊书》说，"气盛则言之短长与声之高下者皆宜"。我国古代优秀散文之所以富于音节美，其奥秘就在于此。后来桐城派文人都把因声以求气奉为不易之论；而纵声朗诵或低声讽诵，更成为他们学习和欣赏文章的重要手段和方法。

最后，由音节证入，是刘大櫆论文的独到之处，但也有其片面性。因为构成文学语言因素的不只声音一个方面，单纯的强调音节，仅仅得其一端；倘若把模拟古人的腔调当作文章之能事，则流弊更不可胜言了。

"中国古代文论选读"全真巩固自测卷（六）参考答案

一、单项选择题

1. A

【师探解析】《论语·八佾》："子曰：《关雎》乐而不淫，哀而不伤。"

2. C

【师探解析】在比较深入地论述音乐的艺术特征和社会作用的基础上，荀子反复批评了"非乐"的墨翟，特别强调统治者应该"正其乐"，并利用音乐教化人民，从而达到"治生焉"即巩固统治的目的。

3. C

【师探解析】刘勰梁初入仕，著《文心雕龙》五十篇，成书于齐代，因此，生活年代在齐梁。

4. B

【师探解析】《文赋》在中国文学批评史上是第一篇完整而系统的文学理论作品。

5. B

【师探解析】李商隐的文学思想，在晚唐文坛上能够别开生面，独树一帜。他对古文运动后学的流弊进行了尖锐的批评。其《上崔华州书》就集中反映了这一思想。

6. B

【师探解析】钟嵘反对作诗用典，以为"吟咏情性，亦何贵于用事？"

7. D

【师探解析】《与李生论诗书》原文："诗贯六艺，则讽喻、抑扬、渟蓄、温雅，皆在其间矣。"

8. B

【师探解析】"文以明道"是《答韦中立论师道书》的核心，也是作者文论的核心。

9. B

【师探解析】《诗归》为明代钟惺、谭元春同编。当公安派以轻巧救七子的流弊，风靡一时之后，破律坏度之弊又生，钟惺又起而矫公安之弊，意欲别出手眼，另立幽深孤峭一宗，以凌驾古人之上。同里谭元春为之羽翼，海内谈诗者称为"钟谭"，学之者形成为竟陵派。

10. D

【师探解析】"高情千古《闲居赋》，争信安仁拜路尘"中"安仁"指潘岳。

11. B

【师探解析】《花部农谭》的内容是就清代中叶扬州流行的若干地方剧目曲目做了考证和分析。

12. A

【师探解析】李渔的戏曲理论提出结构第一、词采第二、音律第三、宾白第四、科诨第五、格局第六的看法。

13. B

【师探解析】明代七子派的拟古诗潮震荡一世以后,诗道日趋于穷。穷则变,公安派出,就张变古的旗帜以与复古派抗衡。公安三袁,以袁宏道为中坚,建立了诗论的体系。

14. C

【师探解析】《书汤海秋诗集后》是龚自珍的要求个性解放在文学理论方面的体现,倡"诗与人为一"说,提出一个崭新的论诗标准——"完"。

15. D

【师探解析】《诗归》为明代钟惺、谭元春同编。

16. A

【师探解析】在《红楼梦》第一回里,曹雪芹虽以虚构的形式说了石头故事的由来,但不愿人们把他的小说理解为向壁虚构的作品。他反复强调这是"亲自经历的一段陈迹故事""至若离合悲欢,兴衰际遇,则又追踪摄迹,不敢稍加穿凿",更是以生活真实作为基础的。当然,尊重生活的真实并不是要求小说创作成为生活的实录或作者的自传。曹雪芹在开宗明义第一回里就写道,作者自云"将真事隐去""用假语村言敷演出一段故事来"。这就清楚地说明了,小说创作是在生活经验的基础上进行虚构,"取其事体情理",进行艺术概括而成的。

17. A

【师探解析】梁启超《论小说与群治之关系》原文:"欲新一国之民,不可不先新一国之小说。故欲新道德,必新小说;欲新宗教,必新小说;欲新政治,必新小说;欲新风俗,必新小说;欲新学艺,必新小说;乃至欲新人心,欲新人格,必新小说。何以故?小说有不可思议之力支配人道故。"

18. C

【师探解析】《戒浮文巧言谕》是太平天国的一篇布告,由洪仁玕、蒙时雍、李春发三人在1861年联衔发布。它是中国农民阶级所提出的第一篇完整的文论,是中国农民起义发展到一定阶段的产物。

二、填空题

19. 【师探解析】楚辞

20. 【师探解析】曾几

21. 【师探解析】上崔华州书

22. 【师探解析】抚四海于一瞬

23. 【师探解析】远而不尽

24. 【师探解析】苏轼

25. 【师探解析】市井艳词序

26. 【师探解析】李梦阳

27. 【师探解析】沈璟

28. 【师探解析】裘廷梁

三、名词解释

29. 【师探解析】

(1)是封建社会里某些进步文人的一种想法。他们认为,作者对当时黑暗现实的义愤愈加强烈，则作品的思想性也就愈为深刻。

(2) 司马迁在《史记·太史公自序》里阐述了这种观点。

30.【师探解析】

(1) 唐人皎然所作的诗论。第一卷总论诗歌原理及五格中的第一格；第二卷至卷末，分别论五格中的第二格至第五格，各摘录两汉至中唐诗人名篇丽句为例。

(2) 诗式，即诗的法则。全书标举论诗宗旨，也品评了具体作品。品评的等第，即以书中所标举的五种诗格做准则。精华部分，在于理论，它接触到诗格的风格、意境、内容形式的关系、复古与通变等问题。

31.【师探解析】

(1) 又名《方诸馆曲律》，明代王骥德著。

(2) 内容是论述南北曲的源流、宫调、作曲和唱曲方法，兼及剧本结构、情节、宾白、科诨等；同时也评论到杂剧、传奇、散曲等作品。

32.【师探解析】

(1) 出自严羽《沧浪诗话·诗辨》："夫诗有别材，非关书也；诗有别趣，非关理也。"

(2) 意思是诗歌有着特别的思维方式，不同于"书""理"。诗歌的思维方式是"形象思维"，而"书""理"的思维方式是"逻辑思维"。

(3) 严羽开始认识到形象思维和逻辑思维的区别，但当时没有对应名词能进行说明，因而创为别材别趣之说。

四、简答题

33.【师探解析】

(1) 兴：启发鼓舞的感染作用，即所谓"感发志意"。

(2) 观：考察社会现实的认识作用，即所谓"观风俗之盛衰"。

(3) 群：互相感化和互相提高的教育作用，即所谓"群居相切磋"。

(4) 怨：批评不良政治的讽刺作用，即所谓"怨刺上政"。

34.【师探解析】

墨子从"尚用""尚质"的观点出发，提出"非乐"的主张：

(1) 他在《非乐上》中说明统治者的音乐享受都是从剥夺民财民力而来的，对人民的生活生产都很不利。他还进一步指出，音乐艺术的享乐，无论是对于统治者或者是被统治者，都只能带来损失。

(2) 他的结论是："今天下士君子，请将欲求兴天下之利，除天下之害，当在乐之为物，将不可不禁而止也。"在当时人民生活极端困苦的情况下，墨子反对儒家大力提倡音乐以助长贵族奢侈享乐的生活，斥责统治者欣赏音乐就是"亏夺民衣食之财"，这些都是具有进步意义的看法。

(3) 墨子同时又指出，他并非不知道那些大钟鸣鼓琴瑟竽笙之声能给人以美的享受，他之所以主张"非乐"，是因为它们"不中圣王之事""不中万民之利"。这就透露了他的非乐是小生产者的观点的一种反映。

35.【师探解析】

(1) 苏轼《书黄子思诗集后》中说道："独韦应物、柳宗元发纤秾于简古，寄至味于澹泊，非余子所及也。"

（2）"发纤秾于简古，寄至味于澹泊"，是把两种对立的艺术风格看作可以相互渗透、相反相成的关系，纤秾与简古相统一，才可以达到"寄至味于澹泊"的妙用。

36.【师探解析】

梅尧臣在《读邵不疑学士诗卷》里说："作诗无古今，唯造平淡难。""平淡"是梅所极力追求的艺术境界。所谓"平淡"，并不意味着平庸和浅易；恰恰相反，他主张以极其朴素的语言和高度的写作技术表现作品的内容。这种"平淡"风格的特点在于：意在言外，耐人寻绎。如吃橄榄，从苦涩之中，咀嚼出不尽的甘腴之味；要洗尽脂粉铅华，给人以"老树着花"的美感，使读者在体味之后感受到作品强烈的感染力。所谓"唯造平淡难"，不仅在于炼词，也在于炼意，正如王安石所谓"看似寻常最奇崛，成如容易却艰辛"（《题张司业集》），是不简单的。

37.【师探解析】

"变"之一字，是袁宏道论诗的特点，主要从两方面着眼：

一方面，从体制上说，不同时代不同的文学作品，有它不同的"音节、体致"和写作方法。

另一方面，从一种体制的风格上说，不同的时代有不同的时代风格。"妍媸之质"的标准，"不逐目而逐时"。不论是体制抑或是风格，陈陈相因则弊生；变则通，通则久，久而又穷则又变。

五、论述题

38.【师探解析】

《人间词话》虽篇幅不多，但以我国传统的古典文论融会西洋资产阶级哲学美学理论，建立了独特的艺术论。

其一，他论词首标境界，论隔与不隔，论有我之境与无我之境，这接触到艺术的特点——形象问题；他所说的境界是"写真景物、真感情"，就是"其言情也必沁人心脾，其写景也必豁人耳目"。也就是要情景交融、鲜明生动，具有强烈的感染力，能如此则是不隔，否则就是隔；论有我之境与无我之境、景语与情语，接触到主观和客观、心和物及形象分析问题。

其二，论写境和造境，即写实家和理想家之别，接触到现实主义和浪漫主义的创作方法问题；而造境必合乎自然，写境也必邻于理想，故两派又颇难分别，初步认识到写实、理想两派的紧密联系。又说诗人对宇宙人生须入乎其内、出乎其外，"入乎其内，故能写之；出乎其外，故能观之"，已注意到阅世与观物的结合。这些论点都给当时读者以相当大的启发。当然，有些议论也是不正确的。如论抒情文学作者阅世深浅的问题，他强调主观精神的独立活动，这不符合实际，并且陷入唯心观点。

39.【师探解析】

《与李生论诗书》是司空图诗论的代表作，司空图在书中首先提出并阐述了"韵味说"的主张。

所谓"韵味"就是诗歌意境创造的审美内涵，用司空图的话来说就是"韵外之致""味外之旨"。他认为要获得这种"韵味"，首先要有意境，要意境"近而不浮、远而不尽"，就是他所说的"象外之象""景外之景"，才谈得上"韵味"，这种"韵味"在诗中，但又不能意尽于诗句中，这就像"味"之于醋、盐，但又不同于醋、盐，而这"味"是妙在"咸酸之外"的。这种"韵味"显然不是形式声韵方面的东西，而是诗美内涵的一种"神韵"。这种"韵味"也不是现实现象（或表象）的堆砌，而是托寄在这些具体生动的艺术形象之上的一种无形无象、不可捉摸的艺术境界。

司空图的"韵味说"，是对钟嵘以来诗歌艺术意境理论的继承和发展，对后代诗论有很大影响。钟嵘的《诗品》首先以"味"论诗。他强调诗歌应该"有滋味"，而要达到有"味"则要求"文已尽而意有余"，以创造深远含蓄的审美意境。到唐代则有《文境秘府论》对"味"的美感特点和内容的探讨。所谓"理入景势者……皆须入景语始清味""景入理势者……则不清及无味"，则着重探讨了诗中"景""理""意"之间的辩证关系。再就是以皎然为代表的中唐以前的理论家，他们强调，如果诗中"不书身心"，就没有诗美，也没有诗味了。司空图之所以能够提出"韵味说"，正是因为他运用和总结了前人的理论成就。司空图的"韵味说"对后代诗论的影响也是巨大的。后来，宋人严羽的"妙悟说"，清人王士禛的"神韵说"，都多少受到司空图"韵味说"的影响。

40. 【师探解析】

关于《与李空同论诗书》中学古与创新的关系：

何景明以为学古由"领会神情"入手，则学古只是入门的途径，而不是终极的目的，从古人入，必须从古人出。所谓"舍筏则达岸矣，达岸则舍筏矣"，意思是说，无筏不能登岸，登岸就必须舍筏；舍筏才说明得登彼岸，否则还是飘浮在中流而无所归宿。学古的目的，是"自创一堂室，一户牖，成一家之言"。倘若像李梦阳那样，终身停留在尺寸于古法之中，正如"小儿倚物能行，独趋颠仆"一样，是不可能在艺术上发挥独创精神的。他说李梦阳的近作，"间入于宋"，"宋人似苍老而实疏卤"，"苍老"指尽洗词华，以意格取胜的一种艺术境界，"疏卤"只是个空架子；"疏卤"而似"苍老"，亦即所谓"古人影子"；"疏卤"和"苍老"，是真伪问题。他说自己的诗，"不免元习"，"元人似秀峻而实浅俗"，"秀峻"和"浅俗"，则是艺术水平之高下而已。其所以然，由于一个模拟形迹，学古过于求似，因而终身不舍筏，亦即不能登岸；一个仅仅领会神情，学古有所不及，虽然浅俗，却是舍筏而登岸了。

"中国古代文论选读"全真巩固自测卷（七）参考答案

一、单项选择题

1. C

【师探解析】在诗歌的分类与表现手法方面，《毛诗序》提出了"六义"说，这是根据《周礼》"大师……教六诗：曰风，曰赋，曰比，曰兴，曰雅，曰颂"的旧说而来。风、雅、颂是诗的种类，而赋、比、兴是作诗的方法。关于赋、比、兴，朱熹分别做了说明："赋，敷陈其事而直言之者也"；"比者，以彼物比此物也"；"兴者，先言他物以引起所咏之词也。"它说明在创作过程中，作者感情的激发、联想和对事物的描写都是结合具体形象进行的。赋、比、兴的方法实际上是形象思维的方法。这一方法，《周礼》与《毛诗序》对它做了最初的概括。之后，刘勰《文心雕龙·比兴》、钟嵘《诗品序》又做了进一步的阐明。特别是其中的比兴说，陈子昂、李白、白居易等根据他们的理解也做了不同的阐发。

2. C

【师探解析】"明道"是荀子文学观的核心。

3. B

【师探解析】《文心雕龙》中《神思》列为创作论之首，具有总纲性质，涉及创作论各方面问题，而作为这些问题的核心则是艺术的想象，《神思》就是一篇完整的艺术想象论。

4. C

【师探解析】早在西汉武帝时，刘安作《离骚传》，首先从思想内容方面肯定了《离骚》，认为义兼国风小雅，可与日月争光。

5. B

【师探解析】"言恢之而弥广，思按之而逾深；播芳蕤之馥馥，发青条之森森"语出陆机《文赋》，从意与辞两方面说明行文乐趣。

6. D

【师探解析】苏轼《书黄子思诗集后》原文："而李太白、杜子美以英玮绝世之姿，凌跨百代，古今诗人尽废；然魏、晋以来，高风绝尘，亦少衰矣。"

7. D

【师探解析】严羽《沧浪诗话》："诗之法有五：曰体制，曰格力，曰气象，曰兴趣，曰音节。"

8. A

【师探解析】《序山歌》的作者是冯梦龙。

9. B

【师探解析】皎然《诗式》原文："夫诗者，众妙之华实，六经之菁英，虽非圣功，妙均于圣。"

10. C

【师探解析】"花部"指清代中叶昆曲以外的地方戏曲。焦循《花部农谭序》中："'花部'者，其曲文俚质，共称为'乱弹'者也，乃余独好之。"花部语言通俗，妇孺能解，得到农叟渔父广大人民的喜爱，具有慷慨动人的特点。

11. D

【师探解析】袁枚论诗，标举"性灵"。"性灵"之说吸收了"神韵说"的某些论点，却不像"神韵说"那样隐约朦胧，而是阐发得较为生动和具体。在当时，它一方面批判了以翁方纲为代表的"误把抄书当作诗"以考据为诗的诗风，认为"诗之传者，都自性灵，不关堆垛"（《随园诗话》）。另一方面对以沈德潜为代表的"格调说"也表示不满。

12. A

【师探解析】李贽首先指出《水浒传》为发愤之作，不是无病呻吟的作品，他把司马迁的"发愤著书"说作为《水浒传》的创作精神。作者"虽生元日，实愤宋事"，"宋室不竞，冠屦倒施"，他一面说明作者是有感而作，同时又指出：封建统治阶级的腐败荒淫和祸国殃民的对外政策，是产生《水浒传》的根源。

13. C

【师探解析】闲斋老人的《儒林外史序》揭示《儒林外史》的思想意义说："其书以功名富贵为一篇之骨。"

14. D

【师探解析】冯桂芬的《复庄卫生书》对桐城派的义法论进行了一次集中的批判，提出了针锋相对而又相当解放的主张。

15. A

【师探解析】李渔的戏曲理论提出结构第一、词采第二、音律第三、宾白第四、科诨第五、格局第六的看法。

16. D

【师探解析】刘大櫆在桐城派古文理论的发展中，是承前启后的人物，少游方苞门，传其古文义法，姚鼐继起，世称为方、姚、刘。

17. C

【师探解析】《红楼梦》第一回中说道："因空见色，由色生情，传情入色，自色悟空，遂易名为'情僧'，改《石头记》为《情僧录》。至吴玉峰题曰《红楼梦》，东鲁孔梅溪则题曰《风月宝鉴》。"

18. B

【师探解析】梁启超的《论小说与群治之关系》，是清末资产阶级改良主义者关于小说理论方面具有纲领性的文章。文中有意识地把小说和当时的政治运动密切地联系起来，并要求小说为改良主义政治服务。

二、填空题

19. 【师探解析】教化

20. 【师探解析】诗品

21. 【师探解析】杜甫

22. 【师探解析】反古

23. 【师探解析】以诗为词

24. 【师探解析】工夫在诗外

25. 【师探解析】识

26. 【师探解析】滋味说

27. 【师探解析】汤显祖

28. 【师探解析】柳亚子

三、名词解释

29. 【师探解析】

（1）出自《论语·八佾》："子曰：《关雎》乐而不淫，哀而不伤。"

（2）展现了孔子对中和之美的重视，所谓中和之美是孔子哲学理论上的中庸之道在文艺思想上的反映，这种思想直接导致了后来以"温柔敦厚"为基本内容的"诗教"的建立。

（3）崇尚中和之美的孔子对不符合这一要求的民间乐曲采取轻视、排斥的态度，反映出他复古守旧的倾向。

30. 【师探解析】

（1）出自刘勰《文心雕龙·神思》："故思理为妙，神与物游。""神"指作者的想象；"物"指事物的形象；"游"指一起活动。

（2）意思是艺术构思的妙用在于想象活动与事物的形象紧密结合，说明了作者的思维活动是与具体物象结合在一起的。

31. 【师探解析】

出自司空图《与李生论诗书》："噫！近而不浮，远而不尽，然后可以言韵外之致耳。"其中，"近而不浮"谓诗的形象，近在眼前，诗人写来，有妙手偶得之妙，而不流于浮浅。

32. 【师探解析】

（1）王国维论词首标"境界"，《人间词话》中："有有我之境，有无我之境。……有我之境，以我观物，故物皆着我之色彩；无我之境，以物观物，故不知何者为我，何者为物。"

（2）这接触到艺术的特点——形象问题，王国维所说的境界是"写真景物、真感情"，是"其言情也必沁人心脾，其写景也必豁人耳目"，也就是要情景交融、鲜明生动，具有强烈的感染力。

四、简答题

33. 【师探解析】

（1）贵自得，反模拟；

（2）主张自然天成，反对夸多斗靡；

（3）主张高雅，反对险怪俳谐怒骂；

（4）主张刚健豪壮，反对纤弱窘仄；

（5）主张真诚，反对伪饰。

34. 【师探解析】

《尚书·尧典》说明了文学发展初期，诗、乐、舞的紧密联系：

（1）从文学起源的情况来看，一般的是伴随劳动节奏而产生音乐，因音乐而产生歌辞。在当时，乐和诗同样起着"言志"和教育人的作用。所以《荀子·乐论》说："君子以钟鼓道志。"《周礼·大司乐》说："以乐语教国子。"

（2）诗与乐到后来才发展成两个独立的部门，产生以"声"为用的乐和以"义"为用的诗。

35.【师探解析】

(1) 对于文学体裁的区分，曹丕说："夫文本同而末异。"所谓"本"，大致是针对基本的规则而言，这是一切文章共同的；所谓"末"，是各种不同文体的特点。奏议、书论，晋以后人所谓无韵之笔；铭诔、诗赋，晋以后人所谓有韵之文。因文章具体的功能有不同，体裁和表现方法也就有所不同。雅、理、实、丽，各具特点。

(2) 在曹丕以前，人们对文章的认识，限于本而不及末，本末结合起来的看法，在文学批评史上是曹丕首先提出的，它推进了后来的文体研究。从桓范的《世要论》、陆机的《文赋》到刘勰的《文心雕龙》，这些著作里的文体论述，正是《典论·论文》的进一步发展。

36.【师探解析】

(1) 张戒说诗歌语言之工，在于"中的"。

(2) 所谓"中的"，指的是以恰当的词语，确切不移地表现"一时情味"。既"不可预设法式"，又无"新巧"可言，要其指归，还是以浑成为尚，而不假于雕饰。

37.【师探解析】

《古谣谚》为现存搜集古代谣谚最为完备的书。刘毓崧的《古谣谚序》，阐明编者之用心，表现了他对民间谣谚的看法，认为谣谚"与风雅表里相符"。

首先，他注意到的是谣谚反映现实的精神及其社会作用。文中强调"诗言志"的意义，认为诗歌和谣谚同样是现实生活中人们思想情感的表现。所不同者，仅仅是"风雅之述志，着于文字；而谣谚之述志，发于语言"。

其次，在语言艺术方面，谣谚是民间流传的口头文学，它的特点，往往在粗糙简朴之中具有一种深刻的表现力；它的音调和语气，一本自然，能够体现出强烈的情感、坚定的意志。不像文人诗歌，以遣词造语为工。

五、论述题

38.【师探解析】

杜甫《戏为六绝句》论诗的主要内容如下：

前三首通过对具体作家的评论提出了问题，后三首揭示论诗的宗旨。它是针对当时情况有感而发的。

唐代诗歌理论的发展，是个长期的反复的过程。陈子昂、李白提出复古的主张，明确了诗歌发展的方向，然而某些人不免理解片面，粗暴地全盘否定六朝文学；而另一些人则仍然"拘限声病，喜尚形似，且以流易为词，不知丧于雅正"。所谓"好古者遗近，务华者去实"，认识还不是一致的。

杜甫主张兼取众长，认为对六朝以来的作家应该具体分析，而不应采取一律排斥的态度。首先，诗以庾信为例，指出论文当观全人，不应忽视其健笔凌云的长处；以初唐四杰为例，说明评价作家不应脱离当时的历史条件。然后基于这样的认识，他提出了广泛吸取前人创作经验的主张，其中也包含着"别裁伪体"的批判精神。他有取于清词丽句的技巧，但反对纤弱小巧的风格，认为必须上攀屈、宋，自创"碧海鲸鱼"的壮美意境。最后，他指出只有转益多师，镕今铸古，把艺术修养建筑在博大深厚的基础上，才能使完美的形式表现充实的内容，而接近于反映现实的风雅。

杜甫的诗歌理论并不像陈子昂、李白及后来的白居易那样，为了救时救弊，突出地强调某一个方面。他在创作实践上达到思想性和艺术性的统一，他的论诗也是如此。只因他是以诗论诗，词简义精，限于体制，究竟不能像散文那样的明白浅显、曲折达意。因而后来笺释纷纭，歧义百出，其中撷拾一端，加以附会的也大有人在，这样就不能不产生流弊了。

39. **【师探解析】**

王骥德《曲律》中表达的戏曲理论主张如下：

首先，他主张戏剧作家必须广泛学习国风、《离骚》，以及乐府诗词、戏曲各方面的优秀遗产，丰富文学修养，博搜精采，在胸中消化，创作时取其神情标韵，作为自己的血肉，方可"千古不磨"。不仅要多读书，而且又不能在创作中"卖弄学问，堆垛陈腐"。在"论声调""论句法""论字法""论用事"诸篇里，也涉及了这一问题。

其次，关于戏剧结构，他主张贵剪裁、贵锻炼、突出重点，抓住头脑，俱为卓见。关于声乐，要"以调合情"，才可增强戏剧的感染力。评价作品，以可演可传、雅俗共赏为上。如只辞工语妙，可读而不可演，为第二流，至于"掇拾陈言"为学究，"凑插俚语"为张打油，那就更无价值了。

再次，曲家多不注意宾白，王骥德认为不能轻视。他指出白不易作，"其难不下于曲"。一是定场白须稍露才华，不可深晦；二是对口白须明白简直，不可太文；三是白须音调铿锵，"却要美听"；四是白要多少适宜，"多则取厌，少则不达"。他既说明了宾白的作法，同时又强调了宾白在戏剧中的重要地位。

最后，他认识到了戏剧的社会教育作用，要求作品要重视内容；但他所强调的内容有关风化，因此，以《琵琶记》为范例，而目《拜月》为宣淫，这就表现了他的封建观点。

40. **【师探解析】**

袁枚"性灵说"的内涵大致如下：

袁枚以性灵论诗，作为性灵说的核心，是情感的真挚，诗中要能见出作者的性情，因此，他以为有关"人伦日用"，所谓"迩之事父，远之事君"固然是性情的表现，而与"人伦日用"无关的又何尝不是性情的表现？诗歌的内容应该像生活本身一样丰富，此性情之正，亦即所以见性情之真。其《续诗品》有云："鸟啼花落，皆与神通。"可见诗人无往而不可以寓其情，而不是把诗歌的题材限制在某一个方面。

就艺术的表现来讲，袁枚极力主张风格的多样化。他以为人的个性不同，情感的性质各异，因而表现的方式也就不会一样。温柔敦厚、含蓄不尽和流虹掣电、发泄无余，因人，因时，因事，言各有宜，都是发于性情之真；而兴、观、群、怨，各有其感染与教育的作用。同样，不可强调某一种风格而排斥另一种风格。

"中国古代文论选读"全真巩固自测卷（八）参考答案

一、单项选择题

1. D

【师探解析】《论语·八佾》："子曰：《关雎》乐而不淫，哀而不伤。""淫"指过分。展现了孔子对中和之美的重视。

2. C

【师探解析】《毛诗序》原文："情发于声，声成文谓之音。治世之音安以乐，其政和；乱世之音怨以怒，其政乖。"

3. C

【师探解析】"发乎情，止乎礼义"出自《毛诗序》："故变风发乎情，止乎礼义。发乎情，民之性也；止乎礼义，先王之泽也。"是《毛诗序》所提倡的诗歌的言情特点，展现了"诗歌必须为统治阶级的政治服务"的中心思想。

4. B

【师探解析】"律和声"谓律吕用来调和歌声。律吕，六律六吕。

5. C

【师探解析】曹丕《典论·论文》原文："夫人善于自见，而文非一体，鲜能善备，是以各以所长，相轻所短。"

6. C

【师探解析】韩愈《答李翊书》："气盛则言之短长与声之高下者皆宜。"

7. B

【师探解析】唐人诗歌理论有两条不同的路线：其一，重视诗歌的现实内容与社会意义，由陈子昂发展到白居易、元稹，一直到皮日休；其二，比较侧重于诗歌艺术，发挥了较多的创见，并且写成了专书，由皎然的《诗式》，发展到司空图的《二十四诗品》。

8. B

【师探解析】北宋初期，王禹偁论诗，首推白居易，力图挽回晚唐五代纤弱佻巧的风气，但没有产生多大影响。

9. C

【师探解析】梅尧臣在《读邵不疑学士诗卷》里说："作诗无古今，唯造平淡难。""平淡"是梅所极力追求的艺术境界。

10. D

【师探解析】北宋初期，王禹偁论诗，首推白居易，力图挽回晚唐五代纤弱佻巧的风气，但没有产生多大影响。稍后西昆体兴起，愈加讲究辞藻，片面追求形式的华丽，诗风更坏。直到梅尧臣、欧阳修出来，才扭转了这种倾向。欧、梅两人之中，梅是专门用力于诗的。《答韩三子华韩五持国韩六玉汝见赠述诗》就是从理论上提出的反西昆的宣言，"迩来"以下几句都是针对西昆而说的。

11. C

【师探解析】严羽《沧浪诗话·诗辨》:"夫诗有别材,非关书也;诗有别趣,非关理也。"意思是诗歌有着特别的思维方式,不同于"书""理"。

12. A

【师探解析】王安石的《上人书》讨论了文和辞的关系,实际上也就是内容与形式的关系,他认为文以实用为主,因此,在内容与形式的关系上,他明确地指出必须重视内容。他认为文之有辞,"犹器之有刻镂绘画"。制器的本意在于用,至于刻镂绘画,只是作为一种容饰和美观。在重视内容的前提下,形式也是重要的,只是两者之间有主次的关系。所以说:"容亦未可已也,勿先之其可也。"

13. B

【师探解析】何景明以为学古由"领会神情"入手,则学古只是入门的途径,而不是终极的目的,从古人入,必须从古人出。所谓"舍筏则达岸矣,达岸则舍筏矣",意思是说,无筏不能登岸,登岸就必须舍筏;舍筏才说明得登彼岸,否则还是飘浮在中流而无所归宿。

14. A

【师探解析】司空图《与李生论诗书》原文:"盖绝世之作,本于诣极,此外千变万状,不知所以神而自神也,岂容易哉?"

15. C

【师探解析】王国维论词首标境界。

16. B

【师探解析】《答吕姜山》一文认为一个剧本应该包括意、趣、神、色四个方面。

17. C

【师探解析】冯桂芬《复庄卫生书》对桐城派的义法论进行了一次集中的批判,提出了针锋相对而又相当解放的主张。冯桂芬认为桐城义法便是束缚散文发展的"例",他坚决反对"周规折矩,尺步绳趋",这种理论的进步意义是很明显的。

18. C

【师探解析】梁启超的《论小说与群治之关系》,是清末资产阶级改良主义者关于小说理论方面具有网领性的文章。文中有意识地把小说和当时的政治运动密切地联系起来,并要求小说为改良主义政治服务。

二、填空题

19. **【师探解析】**发愤

20. **【师探解析】**时序

21. **【师探解析】**议论

22. **【师探解析】**言韵外之致

23. **【师探解析】**诗归

24. **【师探解析】**性灵

25. **【师探解析】**贾谊

26. **【师探解析】**戒浮文巧言谕

27. **【师探解析】**桐城

28. 【师探解析】南词叙录

三、名词解释

29. 【师探解析】
出自冯梦龙的《序山歌》。意思是说借男女之真情来揭发封建礼教的虚伪性。

30. 【师探解析】
（1）出自苏轼《书黄子思诗集后》："独韦应物、柳宗元发纤秾于简古，寄至味于澹泊，非余子所及也。"
（2）"发纤秾于简古"，是把两种对立的艺术风格看作可以相互渗透、相反相成的关系，纤秾与简古相统一，才可以达到"寄至味于澹泊"的妙用。

31. 【师探解析】
（1）出自杜甫《戏为六绝句》最后一首："别裁伪体亲风雅，转益多师是汝师。""别"，别择。"裁"，裁去。"伪体"，指模拟因袭没有生命力的东西。"别裁伪体"谓去伪存真。
（2）"转益多师是汝师"，即无所不师而无定师的意思。总之，应别裁伪体，转益多师，而最后归依于风、雅。

32. 【师探解析】
（1）青年鲁迅作为一名战斗的民主主义者和爱国主义者，在民族危机日益加深的形势下为使文学成为改造人生社会、拯救祖国命运的政治斗争武器，极力提倡反抗的、积极浪漫主义文学潮流，即所谓"摩罗诗派"。
（2）摩罗诗派"立意在反抗，指归在动作""大都不为顺世和乐之音，动吭一呼，闻者兴起，争天拒俗，而精神复深感后世人心，绵延至于无已"。这是说，这种积极浪漫主义的诗歌是紧密结合现实的，引导人们去反抗和战斗。推动社会发展的诗歌，是人间"最雄桀伟美"的声音。

四、简答题

33. 【师探解析】
（1）"诗言志"意为诗是用来表达人的意志的，作为早期的诗歌理论，概括地说明了诗歌表现作家思想感情的特点。
（2）与"诗言志"相联系的还有教育作用，"志"既然是诗人的思想感情，言志的诗就必须具有从思想感情上影响人和对人进行道德规范的力量。

34. 【师探解析】
（1）《神思》提出的"思理为妙，神与物游"，可以说是刘勰想象论的重要纲领。
（2）它一方面说明想象活动必须扎根于现实，一旦脱离了现实，想象活动也就失去了依据。这一点在下文中有更明确的表白："视布于麻，虽云未贵，杼轴献功，焕然乃珍。"麻是原料，布是成品，这里以麻、布为喻，形象地说明了想象活动就是作家对现实生活素材进行艺术加工。这一见解，在当时是难能可贵的。
（3）另一方面，"神与物游"也说明了作者的思维活动是与具体物象结合在一起的，实际上就是形象思维。

35. 【师探解析】
（1）白居易从文学与现实的关系着眼，认为文学不应该仅消极地反映社会生活，而且应该和当时的政治斗争相联系，积极干预生活。

（2）基于这样的认识，他提出了"文章合为时而著，歌诗合为事而作"的明确结论。《新乐府序》说的"为君、为臣、为事而作"，《读张籍古乐府》说的"未尝著空文"，都是这个意思。

36.【师探解析】

袁于令在《西游记题词》里阐明了幻与真的关系：他认为"文不幻不文"，没有虚构就没有文学，并提出"极幻之事，乃极真之事"，透露了《西游记》中幻想的情节与生活真实之间的关系。然而，他对于这一方面没有做出详细的论述。

37.【师探解析】

（1）梁启超的《论小说与群治之关系》，是清末资产阶级改良主义者关于小说理论方面具有纲领性的文章。

（2）文中有意识地把小说与当时的政治运动密切联系起来，并要求小说为改良主义政治服务。这是贯穿全文的中心思想。

（3）基于这种认识，梁启超提出了革新小说的主张，鲜明地表现了他的政治观点。

五、论述题

38.【师探解析】

皎然《诗式》中有关取境的论述如下：

《诗式》提出了取境的问题。皎然在《秋日遥和卢使君游何山寺宿敡上人房论涅槃经义》一诗中说过："诗情缘境发。"他把诗歌的基本因素"情"和"境"有机地统一了起来。皎然所说的"境"，即后人所谓"意境"。他以为"诗人之思初发，取境偏高，则一首举体便高；取境偏逸，则一首举体便逸"。又以为"静，非如松风不动，林狖未鸣，乃谓意中之静。远，非如森森望水，杳杳看山，乃谓意中之远"。这样阐说意境，在古典诗论中可说是一个开端，最后发展为王国维《人间词话》的境界说。诗中的意境不等同于单纯属于客观世界的境，因此，要"气象氤氲""意度盘礴"。诗中的"意"必须通过"象"来表现，所以要"假象见意"。皎然指出"两重意以上，皆文外之旨"，要"情在言外""旨冥句中"。象、言、句、文，只是用以显示奇、情、旨的形迹。情文并茂，意境双融，才是诗家的"极诣"。后来司空图谈"超以象外"，严羽谈"入神"，谈"言有尽而意无穷"，王士禛谈"神韵"，一脉相承的脉络，显然可寻。与意境相联系，皎然解释比兴，也赋予它以新的含义。他以为"取象曰比，取义曰兴。义即象下之意。凡禽鱼草木人物名数万象之中义类同者，尽入比兴"。这在一定程度上已接触到诗歌创作运用形象思维的问题，有一定的合理因素。

由取境而进一步说到如何取境，皎然主张要站得高，看得远，"如登衡、巫，觌（dí）三湘、鄢、郢山川之盛"；要"不入虎穴，焉得虎子"，"放意须险，定句须难，虽取由我衷，而得若神表"。他特别强调了诗人神思的作用，却并不认为这种"神思"是神秘的，他说道："有时意静神王，佳句纵横，若不可遏，宛若神助。"接着又说："不然，盖由先积精思，因神王而得乎？""神思"是长期思想酝酿的结果，因精神状态高昂而激发，并不是无所依傍的灵感。

39.【师探解析】

黄遵宪在《人境庐诗草自序》揭示了如下四项写作的原则：

一是复古人比兴之体和取《离骚》乐府之神理而不袭其貌。比兴是《三百篇》《楚辞》、汉乐府、古诗以来常用的方法，也是为刘勰、钟嵘、陈子昂、白居易所不断发展的诗歌理论的重点。作者所强调的是取其神理而不袭其貌。这在他晚年给梁启超的信中有具体阐说："报中有韵之文,自不可少,然吾以为不必仿白香山之《新乐府》、尤西堂之《明史乐府》,当斟酌于弹词粤讴之间,句或三或九或七或五或长或短,或状如'陇上陈安',或丽如'河中莫愁',或浓如《焦仲卿妻》,或古如《成相篇》,或俳如俳伎词,易乐府之名而曰杂歌谣,弃史籍而采近事。"这就体现了创新的精神。

二是以单行之神运排偶之情和用古文家伸缩离合之法以入诗。这是以文为诗的办法,从唐代韩愈开始,到宋代欧阳修、王安石、苏轼,都在朝着这个方向走。在作者所处的时代,现实生活的内容比过去要丰富复杂得多,以文为诗的方法,可以扩大诗歌表达的功能,有利于充分反映新的内容。

三是取材于经史古籍的词汇,借以表现新事物,用官书会典方言俗谚以述事。这样做,化臭腐为神奇,丰富了诗歌语言。特别是用方言俗谚入诗,是与作者同时的旧派诗人所不愿尝试的。

四是炼格的问题面。曹、鲍以下到晚近小家,都要借鉴,吸取其精华;但主要还在于艺术上力求摆脱旧传统的桎梏,创造自己独特的面貌。这又是作者与同时代那些学宋的同光体、学八代的湖湘派等复古主义者分歧之点。

通过这些,总的是要做到写自己"耳目所历"的"古人未有之物,未辟之境"。基于作者在理论上这样正确的认识,他的创作,也就注入了新的血液,形成了新的风格。

40.【师探解析】

曹丕在《典论·论文》中的文学主张可概括为如下几点:

(1)曹丕对文学的价值的认识。曹丕本着文以致用的精神,强调了文章(主要是指诗赋、散文等文学作品)是"经国之大业,不朽之盛事",(当然,他的所谓"经国大业",是封建阶级统治人民的事业。)把文学提到与事功并立的地位,并鼓励作家"不托飞驰之势"而去努力从事文学活动。这对魏、晋以后文学的发展,是有推动作用的。

(2)曹丕对作者个性与作品风格的认识。于文气,曹丕认为"文以气为主",而"气之清浊有体"。所谓清浊,意近于刚柔。曹丕认为,作家的气质、个性,形成各自的独特的风格。因此,各有所长,难可兼擅。徐干则"时有齐气",应玚则"和而不壮",刘桢则"壮而不密",孔融则"体气高妙"。但过分强调作家的才性而不懂得作家的风格,是社会实践和艺术修养的结果,观点不够全面。

(3)曹丕对文学体裁的不同特征的认识。曹丕说:"夫文本同而末异。"所谓"本",大致是指基本的规则而言,这是一切文章共同的;所谓"末",是各种不同文体的特点。奏议、书论,晋以后人所谓无韵之笔;铭诔、诗赋,晋以后人所谓有韵之文。因文章具体的功能有不同,体裁和表现方法也就有所不同。雅、理、实、丽,各具特点。在曹丕以前,人们对文章的认识,限于本而不及末,本末结合起来的看法,在文学批评史上是曹丕首先提出来的,它推进了后来的文体研究。从桓范的《世要论》、陆机的《文赋》到刘勰的《文心雕龙》,这些著作里的文体论述,正是《典论·论文》的进一步发展。

(4)曹丕对文学的批评态度的问题的认识。曹丕指出了两种错误态度:一是"贵远贱近,向声背实";一是"暗于自见,谓己为贤""文人相轻,自古而然""各以所长,相轻所短"。前者指斥了贵远贱近,亦即尊古卑今的观点,这并不是作者的创见。对"文人相轻"的指斥,则是曹丕的新论。曹丕根据对不同的文气、文体的认识,说明各个作家作品各有短长。"暗于自见"的人,必然"各以所长,相轻所短",不可能产生正确的文学批评。

"中国古代文论选读"全真巩固自测卷（九）参考答案

一、单项选择题

1. D

【师探解析】孔子被称为儒家的创始人，他特别强调文和道德的联系，提出"有德者必有言"的看法。

2. B

【师探解析】"声依永"，谓声音的高低又和长言相配合。声，五声，宫商角徵羽。

3. B

【师探解析】《毛诗序》对诗歌的特征、诗歌与政治的关系、诗的分类和表现手法的论述，贯穿着一个中心思想：诗歌必须为统治阶级的政治服务。

4. B

【师探解析】"兴"表示启发鼓舞的感染作用，即所谓"感发志意"。

5. D

【师探解析】曹丕说："夫文本同而末异。"所谓"本"，大致是针对基本的规则而言，这是一切文章共同的；所谓"末"，是各种不同文体的特点。

6. C

【师探解析】刘勰《文心雕龙》的文学史观的重要内容之一是：社会现实影响、决定文学的发展；时代的政治，必然要反映在文学创作之中。所谓"歌谣文理，与世推移""文变染乎世情，兴废系乎时序"。

7. D

【师探解析】《论语》是用语录体写的最早一部儒家"经典"。书中记录孔子和他周围人物的言论和行动。

8. A

【师探解析】《与元九书》作者为白居易。

9. C

【师探解析】严羽《沧浪诗话》以禅喻诗，故重在妙悟。

10. A

【师探解析】《答吴充秀才书》展现了欧阳修关于文与道的关系的论述。

11. D

【师探解析】《古谣谚》为现存搜集古代谣谚最为完备的书。刘毓崧的《古谣谚序》，阐明编者之用心，表现了他对民间谣谚的看法，认为谣谚"与风雅表里相符"。

12. A

【师探解析】汤显祖《答吕姜山》中认为一个剧本应该包括意、趣、神、色四个方面。

13. C

【师探解析】幔亭过客是袁于令的别名。

14. B

【师探解析】所谓"童心"就是真心，也就是赤子之心，真情实感。李贽认为只有"出于童心"的文学才是真文学。

15. C

【师探解析】王夫之关于诗歌情景交融的艺术境界的分析是对七子、竟陵派的抨击。在《夕堂永日绪论》中，王夫之说："烟云泉石，花鸟苔林，金铺锦帐，寓意则灵。"所谓"寓意"，也就是融情入景，必须是"已情之所自发"。他以为在诗歌里任何客观景物的描写，都包括诗人主观上的感受。王士禛是"神韵说"的倡导者，"神韵"具有清远的特点，就是不论写景抒情，都力求含蓄，表现清雅淡远的风神韵致。诗意蕴含在景物之中，景清而意远，感情由诗境来透露，不直抒胸臆，由欣赏者去体味。

16. D

【师探解析】王国维《人间词话》原文："有有我之境，有无我之境。……有我之境，以我观物，故物皆着我之色彩；无我之境，以物观物，故不知何者为我，何者为物。"

17. C

【师探解析】王国维《人间词话》原句："词至李后主而眼界始大，感慨遂深，逐变伶工之词而为士大夫之词。"

18. D

【师探解析】《红楼梦》第一回中说道："因空见色，由色生情，传情入色，自色悟空，遂易名为'情僧'，改《石头记》为《情僧录》。至吴玉峰题曰《红楼梦》，东鲁孔梅溪则题曰《风月宝鉴》。后因曹雪芹于悼红轩中批阅十载，增删五次，纂成目录，分出章回，则题曰《金陵十二钗》，并题一绝云：满纸荒唐言，一把辛酸泪。都云作者痴，谁解其中味。"

二、填空题

19. 【师探解析】永言

20. 【师探解析】巨大教育、感染

21. 【师探解析】楚辞章句

22. 【师探解析】韵味说

23. 【师探解析】戏为六绝句

24. 【师探解析】气

25. 【师探解析】张炎

26. 【师探解析】王士禛的"神韵说"

27. 【师探解析】谢灵运

28. 【师探解析】刘毓崧

三、名词解释

29. 【师探解析】

（1）出自《论语·为政》："子曰：《诗三百》，一言以蔽之，曰：思无邪。"

（2）指的是孔子把《诗三百》道德理论化，归结为"无邪"，将全部作品说成为都符合他所宣扬的"仁""礼"等要求。

30. 【师探解析】
(1) 出自汉代班固《离骚序》:"今若屈原,露才扬己,竞乎危国群小之间,以离谗贼。"
(2) 指显露才能炫耀自己,是班固对屈原的批评。

31. 【师探解析】
(1) 出自黄庭坚《答洪驹父书》:"自作语最难,老杜作诗,退之作文,无一字无来处,盖后人读书少,故谓韩、杜自作此语耳。"
(2) 黄庭坚认为诗意无穷而人才有限,有限之才难以穷尽无限之意,因此,着重在诗歌语言的技巧方面"无一字无来处"。

32. 【师探解析】
(1) 出自李渔《闲情偶寄》。"头绪",即事迹之条理。
(2) "减头绪"要求作家把"头绪忌繁"四字刻画在心,主线分明,使剧本的思路不分,文情专一。

四、简答题

33. 【师探解析】
(1) 出自《论语·八佾》:"子夏问曰:'巧笑倩兮,美目盼兮,素以为绚兮。'何谓也?子曰:绘事后素。"
(2) 绘事即绘画,素即白底,绘事后素是说先有白底而后绘画,形容人先有美好品质,然后能够加以文饰。

34. 【师探解析】
(1) "诗言志"的影响:讽是"诗言志"的一种具体的发展和运用,在当时社会矛盾加剧的情况下,人们已经把诗歌创作与政治紧密联系起来,运用诗歌积极干预生活,讽刺丑恶的事物。
(2) 社会根源:在阶级社会里,由于美好的事物常常受到损害,不合理的现象大量存在。
(3) 思想基础:讽乃是人们对于诗歌的社会作用的主要认识,当时社会上早就公认讽刺诗是诗歌的主要职能。

35. 【师探解析】
《史记·太史公自序》中借和壶遂的一段谈话,揭示著书大旨。司马迁本出身于史官世家,幼时耕牧河山之阳,早年遍游名山大川,有广博的文化知识和丰富的生活体验。虽然汉王朝相对稳定的封建大一统局面给予他一些乐观的幻想,然而他对隐藏在当时社会中的各种矛盾是有所理解的。借古鉴今,目的在于"究天人之际,通古今之变,成一家之言",而不是为了粉饰现实,这就是他作《史记》的动机;同时,这也是《史记》一书文学思想的基础。

36. 【师探解析】
严羽《沧浪诗话》,"诗之品有九:曰高,曰古,曰深,曰远,曰长,曰雄浑,曰飘逸,曰悲壮,曰凄婉"。

37. 【师探解析】
(1) 荀子认为音乐的产生和人们对于音乐的需要,是"人情所必不免"的事情;人们内在的"性术之变",即内在的思想感情的变化,可以通过音乐表现出来;反映人们各种各样思想感情变化的不同音乐,能使人产生"心悲""心伤""心淫""心庄"等不同的心理反应。

（2）他还进一步指出，因为音乐表现了人们的思想感情，所以从中可以看到时代的面貌；因为音乐有"入人也深""化人也速"的巨大教育、感染作用，所以它能对整个社会的民情风俗以至国家的安危治乱产生直接影响。

（3）在比较深入地论述音乐的艺术特征和社会作用的基础上，荀子反复批评了"非乐"的墨翟，特别强调统治者应该"正其乐"，并利用音乐教化人民，从而达到"治生焉"即巩固统治的目的。

五、论述题

38.【师探解析】

《诗品序》中属于破的，就是对南朝诗风的批评，表现在以下两个方面：

第一，反对声病，主张自然和谐的音律。钟嵘时代，正逢沈约提倡声律之说，"永明体"诗风泛滥。钟嵘对此做了有力的抨击。他认为"古曰诗颂，皆被之金竹，故非调五音无以谐会。今既不被管弦，亦何取于声律耶？""但令清浊通流，口吻调利，斯为足矣"，如果一味追求声律，反使"文多拘忌，伤其真美"。钟嵘所反对的是那种"伤其真美"的八病等的矫揉造作，而对诗歌的自然的音节美并不排斥。

第二，反对作诗用典。他以为"吟咏情性，亦何贵于用事？""观古今胜语，多非补假，皆由直寻。……大明、泰始中，文章殆同书钞。近任昉、王元长等，辞不贵奇，竞须新事，尔来作者，浸以成俗，遂乃句无虚语，语无虚字，拘挛补衲，蠹文已甚。"他感叹地说："自然英旨，罕值其人。"而幽默地讽刺这些掉书袋的诗人为"虽谢天才，且表学问"。当然，写作时有时需要援古证今，刘勰《文心雕龙》就有《事类》一篇专门阐明此义。钟嵘对此也不是一概排斥，他认为"若乃经国文符，应资博古；撰德驳奏，宜穷往烈"。至于作诗，就不适用这样的标准了。

无论是反对声病或是反对用典，总的都是主张自然真美，这对弥漫南朝诗坛的云雾，有廓清的作用。

《诗品序》中属于立的：

第一，钟嵘认为写作动机的激发，有赖于客观事物的感召，"气之动物，物之感人，故摇荡性情，形诸舞咏"。这跟《文心雕龙·明诗》所说"人禀七情，应物斯感"，《物色》所说"春秋代序，阴阳惨舒，物色之动，心亦摇焉。……情以物迁，辞以情发"的说法同样是正确的观点。但现实世界中有自然现象也有社会现象，所以作者继"四候之感诸诗"之后，又阐述了社会环境对诗人的感召，突出了"群"和"怨"，特别是"怨"的作用。封建社会中，被压迫、被损害的人们的痛苦生活，是产生文学作品的土壤。钟嵘能注意到这些事实，并主张通过诗歌来反映，根据抒情诗歌的特征，通过个人的抒情以表达遭遇相同者的情绪，从而使读者认识社会的面貌。钟嵘的这种论点，出现在作诗偏重形式的齐、梁时代，是有它重大的进步意义的。但是，他认为怨的抒发可以"使穷贱易安，幽居靡闷"，这显然并不正确。

第二，在诗歌创作问题上提出了滋味说。钟嵘重视诗歌的群、怨，这就决定了他对诗歌的要求，认为好的诗歌必须是有"滋味"的。诗的"滋味"应该是"指事造形，穷情写物，最为详切"。"详"，指描写得细腻；"切"，指描写得深刻。而要达到这个要求，必须赋、比、兴并重，做到言近旨远，形象鲜明，有风力，有藻采，乃可耐人玩味，而感染力也强，这才是"诗之至也"。永嘉以后的玄言诗之所以"淡乎寡味"，就是由于"理过其辞""平典似道德论"。然则钟嵘的滋味说，主要是强调文学作品的形象性特征。从重味的观点出发，他在诗歌形式上，并不赞成采用"文约"的四言和"文繁"的骚体，而极力主张五言，因为"五言居文词之要，是众作之有滋味者也"。

39.【师探解析】

《人境庐诗草自序》，是黄遵宪诗歌改革理论的具体阐述。

在这篇自序里，作者总结了我国古典诗歌遗产方面可以继承的写作经验，系统地提出了"后贤兼旧制"而又"历代各清规"的理论纲领。开宗明义，他明确地指出："诗之外有事，诗之中有人。今之世异于古，今之人亦何必与古人同。"诗歌要反映时代现实，要表现作者的精神面貌。在作者所处的时代，西方资本主义早已打开了中国封建主义的大门，社会在向半封建半殖民地转化，跟鸦片战争以前有了显著的不同。诗歌也应该反映那样新的现实而不同于汉、魏、六朝、唐、宋、明、清作家的作品。正如作者在晚年给梁启超的信中所说："意欲扫去词章家一切陈陈相因之语，用今人所见之理，所用之器，所遭之时势，一寓之于诗。务使诗中有人，诗外有事，不能施之于他日，移之于他人。"这是作者诗论的核心。

全新的内容，通过怎样的新形式来表达？作者在这里揭示了如下四项写作的原则。一是复古人比兴之体和取《离骚》乐府之神理而不袭其貌。二是以单行之神运排偶之情和用古文家伸缩离合之法以入诗。三是取材于经史古籍的词汇，借以表现新事物，用官书会典方言俗谚以述事。四是炼格的问题。自曹、鲍以下到晚近小家，都要借鉴，吸取其精华；但主要还在于艺术上力求摆脱旧传统的桎梏，创造自己独特的面貌。通过这些，总的是要做到写自己"耳目所历"的"古人未有之物，未辟之境"。基于作者在理论上这样正确的认识，他的创作也就注入了新的血液，形成了新的风格。

作者对诗歌的作用问题也有正确的理解。他曾经肯定诗歌在人类社会中的现实价值和教育意义。他在晚年给梁启超的信中说："吾论诗以言志为体，以感人为用。孔子所谓'兴于诗'，伯牙所谓移情，即吸力之说也。"在给丘炜萲的信中说："诗虽小道，然欧洲诗人出其鼓吹文明之笔，竟有左右世界之力。"这些说法，补充了自序所未及。作者虽然继承了孔子以来的诗论传统，但在新的时代激荡下，这一理论被提到了更高的层次。

40.【师探解析】

《毛诗序》的主要内容及其在批评史上的地位大致如下：

（1）《毛诗序》对诗歌特征的有关论述。《毛诗序》进一步阐明了诗歌的言志抒情的特征，以及诗歌与音乐、舞蹈的相互关系。序中所谓"诗者志之所之也"的"志"和"情动于中而形于言"的"情"，是二而一的东西。正如孔颖达《左传·昭公二十五年》《正义》所说："在己为情，情动为志，情、志一也。"提出这一论点，不始于《大序》。而《毛诗序》把"志"与"情"结合起来谈，更清楚地说明了诗歌的特征。诗、乐、舞在产生和发展过程里紧密相连，《毛诗序》对此做了更详细的叙述，显示出"以声为用的诗的传统，比以义为用的诗的传统古久得多"（朱自清《诗言志辨》）。

（2）《毛诗序》对诗歌内容的有关论述。《毛诗序》指出了诗歌音乐和时代政治的密切关系，说明不同的时代有不同的作品，政治情况往往在音乐和诗的内容里反映出来。这显然是受《左传·襄公二十九年》季札观乐一段议论的启示，进一步指出了政治、道德、风俗与音乐诗歌有不可分割的联系。后来刘勰《文心雕龙》的《时序》篇，正是根据这一理论，阐述了"时运交移，质文代变""文变染乎世情，兴废系乎时序"的道理。

（3）《毛诗序》对诗歌分类与表现方式的有关论述。在诗歌的分类与表现手法方面，《毛诗序》提出了"六义"说，这是根据《周礼》"大师……教六诗：曰风，曰赋，曰比，曰兴，曰雅，曰颂"的旧说而来。风、雅、颂是诗的种类，而赋、比、兴是作诗的方法。关于赋、比、兴，朱熹分别做了说明："赋，敷陈其事而直言之者也"；"比者，以彼物比此物也"；"兴者，先言他物以引起所咏之词也。"它说明在创作过程中，作者感情的激发、联想和对事物的描写都是结合具体形象进行的。赋、比、兴的方法实际上是形象思维的方法。这一方法，《周礼》与《毛诗序》对它做了最初的概括。之后，刘勰《文心雕龙·比兴》、钟嵘《诗品序》又做了进一步的阐明。特别是其中的比兴说，陈子昂、李白、白居易等根据自己的理解也做了不同的阐发。

（4）《毛诗序》对诗歌社会作用的有关论述。《毛诗序》对诗歌的特征、诗歌与政治的关系、诗的分类和表现手法的论述，贯穿着一个中心思想：诗歌必须为统治阶级的政治服务。因此，作者把这种思想集中突出地表现在关于诗歌的社会作用的论述里："上以风化下，下以风刺上"，"故正得失，动天地，感鬼神，莫近于诗。"这种理论在政治上表达了统治阶级对诗歌的要求，在思想上则是《论语》的"思无邪""兴、观、群、怨""事父事君说"的进一步发展。在我国漫长的封建社会里，不少人以此作为诗歌创作和批评的准则，对诗歌的创作有着长远的影响。

"中国古代文论选读"全真巩固自测卷（十）参考答案

一、单项选择题

1. A

【师探解析】《论语·阳货》："子曰：小子，何莫学夫诗？诗可以兴，可以观，可以群，可以怨。迩之事父，远之事君；多识于草木鸟兽之名。"怨：批评不良政治的讽刺作用，即所谓"怨刺上政"。

2. C

【师探解析】墨子文学思想的要点是"尚用"与"尚质"。他在《非命上》中说："今天下之君子之为文学、出言谈也，非将勤劳其惟（喉）舌，而利其唇呡（吻）也，中实将欲（为）其国家邑里万民刑政者也。"

3. C

【师探解析】为了使文学发挥对政治的作用，墨子主张"言有三表"："上本之于古者圣王之事"，是指言必有据，以古代圣王言行为准则；"下原察百姓耳目之实"，是说立言要从实际出发，以百姓的实际体验为依据；"废（发）以为刑政，观其中国家百姓人民之利"，强调立言著文要考虑客观上对于政治的实际效果。"三表"是墨子提出的立言、著文的原则和标准，具有一定的科学性。

4. A

【师探解析】司马迁在《史记·太史公自序》中评价《春秋》是"上明三王之道，下辨人事之纪，别嫌疑，明是非，定犹豫，善善恶恶，贤贤贱不肖，存亡国，继绝世，补弊起废，王道之大者也"。

5. D

【师探解析】王充，是中国哲学史上唯物主义倾向比较突出的思想家。

6. A

【师探解析】《文心雕龙》中《神思》列在创作论之首，具有总纲性质，涉及创作论各方面问题，而作为这些问题的核心则是艺术的想象，《神思》就是一篇完整的艺术想象论。

7. C

【师探解析】《文赋》第一段言作文之由，不外两途：一感于物，一本于学。

8. B

【师探解析】《典论·论文》原文："常人贵远贱近，向声背实，又患暗于自见，谓己为贤。"

9. D

【师探解析】《文心雕龙》是我国第一部系统阐述文学理论的专著，体例周详，论旨精深，清人章学诚称它"体大而虑周"。

10. A

【师探解析】《与东方左史虬修竹篇序》是陈子昂诗歌理论的一个纲领。在这篇短文里，他肯定了风雅、汉魏诗歌的进步传统，指出了晋、宋以来"文章道弊""彩丽竞繁"的弊病。

11. B

【师探解析】黄庭坚《答洪驹父书》原文:"自作语最难,老杜作诗,退之作文,无一字无来处,盖后人读书少,故谓韩、杜自作此语耳。"黄庭坚认为杜甫韩愈写诗作文之所以取得成功,重要原因就是落笔用字都有来历,而不自己创造语言,所以在语言锻造上主张广泛积累古籍中的语汇,将它们得心应手地运用到自己的诗歌创作中。

12. D

【师探解析】关于诗歌的艺术风格方面,张戒主张含蓄蕴藉,必须是"情意有余,汹涌而后发",但又要"情在词外,状溢目前",以"不迫不露"为贵。

13. B

【师探解析】《论诗三十首》原文:"一语天然万古新,豪华落尽见真淳。南窗白日羲皇上,未害渊明是晋人。"

14. C

【师探解析】钟嗣成的《录鬼簿》广泛地记载金元戏曲作家的传记和作品目录,有的附《凌江仙》表示凭吊和评价,是一部比较系统的戏曲史和批评著作,也是中国戏曲史上现存的第一部重要文献。

15. C

【师探解析】李开先在《市井艳词序》中认为市井艳词,也就是民间歌谣,它的一个最大的特点是"语意则直出肺肝,不加雕刻",反映了真实的感情。而市井艳词的另一个特点则是它的群众性,"二词哗于市井,虽儿女子初学者,亦知歌之"。

16. D

【师探解析】清末资产阶级改良派的文学理论与他们的政治改革主张相适应,在诗歌领域内掀起了"诗界革命",实际上是改良运动。这一运动的中坚人物是谭嗣同、夏曾佑、梁启超诸人。

17. B

【师探解析】《红楼梦》第一回中说道:"因空见色,由色生情,传情入色,自色悟空,遂易名为'情僧',改《石头记》为《情僧录》。至吴玉峰题曰《红楼梦》,东鲁孔梅溪则题曰《风月宝鉴》。后因曹雪芹于悼红轩中批阅十载,增删五次,纂成目录,分出章回,则题曰《金陵十二钗》,并题一绝云:满纸荒唐言,一把辛酸泪。都云作者痴,谁解其中味。"

18. D

【师探解析】《复庄卫生书》的作者是冯桂芬,对桐城派的义法论进行了一次集中的批判,提出了针锋相对而又相当解放的主张。

二、填空题

19. 【师探解析】论语

20. 【师探解析】王逸

21. 【师探解析】道

22. 【师探解析】朱自清

23. 【师探解析】凌云健笔意纵横

24. 【师探解析】崇白话而废文言

25. 【师探解析】非关书也
26. 【师探解析】闲情偶寄
27. 【师探解析】情僧
28. 【师探解析】毛泽东

三、名词解释

29. 【师探解析】
（1）出自杜甫《戏为六绝句》第五首："不薄今人爱古人，清词丽句必为邻。"
（2）是杜甫说自己论诗并无古今的陈见，只要是清词丽句，都有所取。

30. 【师探解析】
（1）出自李清照《论词》："乃知别是一家，知之者少。"
（2）李清照主张词"别是一家"，是批评苏轼"以诗为词"，要求作词在内容风格上也当有别于诗，强调词的音乐美和抒情性。

31. 【师探解析】
（1）关于诗歌的艺术风格方面，张戒主张含蓄蕴藉。
（2）意思是诗歌必须是"情意有余，汹涌而后发"，但又要"情在词外，状溢目前"，以"不迫不露"为贵。

32. 【师探解析】
（1）出自严羽《沧浪诗话·诗辨》："夫诗有别材，非关书也；诗有别趣，非关理也。"
（2）意思是诗歌有着特别的思维方式，不同于"书""理"。诗歌的思维方式是"形象思维"，而"书""理"的思维方式是"逻辑思维"。
（3）严羽开始认识到形象思维和逻辑思维的区别，但当时没有对应的名词能进行说明，因而创为"别材（别趣）"之说。

四、简答题

33. 【师探解析】
（1）出自陆游《论诗诗·读近人诗》："琢雕自是文章病，奇险尤伤气骨多。"
（2）是诗人对单纯追求形式、片面讲究诗句有出处的作诗方法进行的批判，认为"琢雕""奇险"都是狡狯的注脚。

34. 【师探解析】
（1）在我国古代诗歌史上，两晋、南北朝一部分文人的作品，具有偏重形式、内容空虚、脱离现实的不良倾向，违背《诗三百》和汉乐府的优良传统，离开建安到正始诸家的健康的创作轨道。齐、梁时期的理论家刘勰与钟嵘反对这种诗风，虽然他们做出了很大的努力，但其他们的进步理论在当时并没有引起诗人们的足够重视。因此，这一斗争还有待于后人的进一步努力。
（2）初唐四杰，在诗歌创作和理论方面初步有所革新，但自觉地提出比较明确的文学主张的，应该说是从陈子昂开始的。

35. 【师探解析】
（1）出自严羽《沧浪诗话·诗辨》："盛唐诗人唯在兴趣，羚羊挂角，无迹可求。"
（2）意为盛唐的诗人着重在诗的意趣，有如羚羊挂角，没有踪迹可求。

36. 【师探解析】

行文乐趣是通过构思使意和辞都得到充分的表现。为了达到这个目的，要注意四个问题：（一）注意镕裁而使辞意双美；（二）通过警句而突出主题；（三）避免雷同而力求独创；（四）保留精美的辞句，避免文章的平庸。此外，再要防止五种弊病：（一）篇幅短小，不足成文；（二）美丑混合，文不调谐；（三）重词轻情，流于空泛；（四）迎合时好，格调不高；（五）清空疏缓，缺少真味。

总起来说，尽管作品的表现方法变化多端，"因宜适变，曲有微情"，但是只要能认识变化的规律，理解次序的安排，"达变而识次"，也就掌握住关键了。这是构思时的关键，也是作文利害的关键。

37. 【师探解析】

（1）钟嗣成的《录鬼簿》广泛地记载金元戏曲作家的传记和作品目录，有的附《凌江仙》表示凭吊和评价，是一部比较系统的戏曲史和批评著作，也是现存中国戏曲史上第一部重要文献。

（2）书中作品以"前辈已死名公才人，有所编传奇行于世者""方今已亡名公才人余相知者"及"已死才人不相知者""方今才人相知者"及"方今才人闻名而不相知者"为分类方式。

（2）其中，对"前辈已死名公，有乐府行于世者"以董解元列首位；"前辈已死名公才人，有所编传奇行于世者"以关汉卿列首位。

五、论述题

38. 【师探解析】

孔子的文艺思想与主张如下：

孔子被称为儒家的创始人，他特别强调文和道德的联系，提出"有德者必有言"的看法。他还认为诗和道德修养有不可分割的联系，《诗三百》是一部文学作品，但他在和子贡、子夏讨论其中某些篇章时，把文艺作品道德理论化。他还进一步把《诗三百》归结为"无邪"，将全部作品说成都符合他所宣扬的"仁""礼"等要求。在儒家心目中，《诗三百》主要成了伦理道德修养的教科书。

孔子很重视文学的社会作用。他说："诗可以兴，可以观，可以群，可以怨。"文学作品有感染力量，能"感发意志"，这就是"兴"。读者从文学作品中可以"考见得失""观风俗之盛衰"，这就是"观"。"群"是指"群居相切磋"，互相启发，互相砥砺。"怨"是指"怨刺上政"，以促使政治改善。从这里可以看出，孔子对文学的艺术特征已有一定程度的认识，因而他对文学的社会作用论述得比较全面，在概括前人成果的同时，对诗的社会作用做了较为系统的理论表述，在理论上比前人发展了一步。当然，孔子的"兴观群怨说"有其具体的阶级内容，归根结底是为了"事父""事君"，为统治者服务。

孔子论诗乐很重视中和之美。他说："《关雎》乐而不淫，哀而不伤。"所谓中和之美，是他哲学理论上的中庸之道在文艺思想上的反映，这种思想直接导致了后来以"温柔敦厚"为基本内容的"诗教"的建立。崇尚中和之美的孔子，对不符合这一要求的民间乐曲采取轻视、排斥的态度，反映出他复古守旧的倾向。

39. 【师探解析】

白居易《与元九书》的主要文学思想如下：

首先，白居易从文学与现实的关系着眼，认为文学不应该仅消极地反映社会生活，而且应该和当时的政治斗争相联系，积极干预生活。基于这样的认识，他提出了"文章合为时而著，歌诗合为事而作"的明确结论。《新乐府序》说的"为君、为臣、为事而作"，《读张籍古乐府》说的"未尝著空文"，都是这个意思。

其次，在"为时""为事"的前提下，他反复阐明诗歌应该发挥其"补察时政，泄导人情"的作用。他之所以"痛诗道崩坏，忽忽愤发"，是因为"谄成之风动，救失之道缺"；而他所提倡的、所实践的，则是与这种倾向针锋相对的"意激而言质"的讽喻诗的诗风，要求诗人对当时的社会弊端做如实的揭发、批判。由于强调批判现实，因而他使诗和当时的政治斗争联系得更为紧密。

白居易强调"风""雅"反映现实的优良传统。他说："圣人知其然，因其言，经之以六义；缘其声，纬之以五音。"又云："为诗意如何？六义互铺陈。风雅比兴外，未尝著空文。"（《读张籍古乐府》）可见"风雅比兴"是"六义"的精髓，而"美刺"又是"风雅"的精神所在。白居易将"风雅比兴"或"美刺比兴"作为最高准则，以之衡量复杂的文学历史现象，去伪存真，于是在本篇里贯穿着大胆批判的精神，对六朝以来某些脱离现实、绮尘颓废的文风及其影响做了坚决的否定。

40.【师探解析】

《荀子》有关"言"的主要观点如下：

首先，他特别强调道，认为"辩也者，心之象道也。心也者，道之工宰也。道也者，治之经理也。心合于道，说合于心，辞合于说。……"这是一种文以明道的主张。道的实际内容，就是所谓礼义。"凡言不合先王，不顺礼义，谓之奸言。"他认为一切言论，凡是合乎道的、宣扬道的，就是好的；凡是离开道的、违反道的，就是坏的。

其次，由于对道有不同的态度，因此，可分成圣人之"言"、君子之"言"、小人之"言"。圣人之言，最为完美，"如珪如璋，……四方为纲"，是崇敬的对象，效法的标准。而小人的奸言，"虽辩，君子不听"。

最后，"言"和政治有密切的关系，不同的"言"对政治起不同的作用。圣人之辩，"说行则天下正，说不行则白道而冥穷"。小人之辩，"用其身则多诈而无功，上不足以顺明王，下不足以和齐百姓"。

先秦时代，文学批评还处在发生、发展的初期阶段。文学思想包含在整个学术思想之中。荀子对于"言"的论点，也就是对于文学的看法。"明道"是荀子文学观的核心；关于圣人之"言"的理论，反映在文学上就是"征圣"的主张。